后浪电影学院 020

（修订版）

编剧的核心技巧

SCREENWRITING 101

[美] 尼尔·D.克思（Neill D. Hicks）著
廖澺苍 译

北京联合出版公司
Beijing United Publishing Co.,Ltd.

推荐语

直言到底应该如何开始剧本写作，充满写作需要了解的常识，本书风趣、超级具有幽默感。尼尔对剧本写作格式逻辑细化到点的讨论特别有帮助。

——拜沃利·格雷，UCLA 编剧推广教育剧作课程讲师，
罗杰·科曼创办的协和——新地平线影业的剧本故事编辑

一本正处于编剧位置的前辈编写的，敏感的、充满灵感的剧本写作入门书。本书呈现出一种轻松愉快、清楚明晰的风格，尼尔注重对编剧技巧的发展并强调编剧讲述一个银幕故事时掌握驾驭叙述的重要性。

——丹尼斯·帕伦博，作家和精神科医师，《金色年代》的编剧，
《欢迎归来，科特先生》的作者

尼尔的剧作课程在 UCLA 极其流行最受欢迎，只要你曾听过一堂就会知道为什么。他的这本书点点滴滴都透出整本书内容全面、信息丰富、充满娱乐性的有趣风貌，正如他的剧作课程一般。

——罗比·伦顿，DIC 娱乐公司编剧，执行副总裁兼创意策划

尼尔的书很了不起，他试图将好的剧作的根本特质归纳总结在几个简明扼要的章节里。不只是编剧，每个想在好莱坞安身立命的人，都应该看看这本书，把这些要诀牢牢记在心里。

——罗伯塔·周，《红番区》联合制片人

有志于电影剧本创作的人们的必读书，在你打开电脑开始写作之前一定要买这本书！

——本·摩西，《早安，越南》制片人

尼尔为编剧新手在"想要知道什么"和"需要知道什么"之间提供了完美的平衡。如果你没有机会参加他的编剧课程，就阅读本书吧！

——劳瑞尔·德田，导演，加拿大影视学院剧作系讲师

剧作课程的学生终于得到了一份实用的、平易亲切的、易于理解的、信息丰富毫无保留的编剧解析。这是一本编剧书的权威向导。《编剧的核心技巧》从来没有辜负过学生们，也从来没有让编剧这门艺术丢脸。买这本书吧，折起它的书角，尽情地使用，将它分割撕成碎片吧！

——帕马拉·卡罗尔，洛约拉玛利曼大学编剧课程讲师

终于，尼尔将他非凡的洞察力和解析力，提供给了那些意识到编剧这门艺术就像太极那样，永不停止地自我提升且有志于编剧职业的新手和老练的电影制作人们。

——布赖恩·特伦查德—史密斯，包括《笑面杀手》在内的27部电影的导演

《编剧的核心技巧》为编剧的日常工作提供了我所读到过的最彻底详尽和最准确精密的解释。尼尔·克思用只有大师才能掌握的方式，将复杂的写作概念简化至令人惊讶的易于领会。而且他在保持本书超级无敌的阅读趣味性上做得实在太好了。

——艾瑞克·埃德森，编剧，好莱坞研讨会执行董事

聪明，机智，有修养，高明并严谨，这是开始编剧写作时阅读书目中必不可少的一本。剧作初学者应当完完整整地读好这本书，并且将其中的智慧与学问谨记在心。更高级的有经验的编剧也应该买这本书并每隔六个月就重读它一次，从而记住电影编剧的非凡技巧尽在书中。

——吉姆·索维，编剧，UCLA编剧推广教育剧作课程讲师

尼尔阐明了成功的编剧积累数十年才能本能领悟到的东西。如果你想写出轰动一时的电影，就读读这本书吧。

——詹姆斯·布鲁纳和伊丽莎白·斯蒂文斯，《北越归来》《入侵美利坚》《三角突击队》《逍遥法外》编剧

目录 Contents

推荐语 ·· 1
序言 ·· 5

第一章　戏剧就是冲突　1
　　1.1　戏剧要合情合理　2
　　1.2　剧本的前提　5

第二章　让观众满足　9
　　2.1　吸引力　11
　　2.2　预期心理　11
　　2.3　满意　12

第三章　银幕故事的要素　15
　　背景故事　16
　　内心需求　18
　　刺激诱因　19
　　外部目标　19
　　准备　20
　　敌对力量　21
　　自我启示　21
　　沉迷困扰　21

        争斗　22
        问题解决　23

    第四章　故事角色　25
    4.1　谁是你的主角？　33
    4.2　角色的最少量行动　35
    4.3　认知失调的理论　37
    4.4　冲突的焦点　39
        个人自身的冲突焦点　39
        人与人之间的冲突焦点　40
        意外情况的冲突焦点　40
        社会上的冲突焦点　41
        利益相关的冲突焦点　42
    4.5　主角要什么？　43
        外部目标必须得到观众的认同　43
        在观众认同角色的情况下，外部目标必须和观众有
        所关联　43
    4.6　基本需求层次理论　46
        生理上的需求　46
        安全上的需求　46
        社交上的需求　46
        尊重上的需求　47
        自我实现的需求　47
    4.7　什么力量阻止主角达成目标？　50
    4.8　探索角色的实用技巧　55
        要使用现在式　55
        要使用主动语态　55

第五章　银幕故事脉络　59
    5.1　可信赖的体系　59
    5.2　研究与调查　64
    5.3　你要做什么？　65

5.4 构成故事脉络的要素　65
　　　　戏剧化的强调　66
　　　　物质世界　66
　　　　时间　67
　　　　角色的社会思潮　67

第六章　银幕故事类型　71
　　6.1 形式上的可能性　71
　　　　个人的痛苦烦恼类型　72
　　　　人与人之间的冲突类型　73
　　　　喜剧类型　73
　　　　美好的故事　74
　　　　个人的探索　75
　　　　侦探类型　75
　　　　恐怖类型　76
　　　　惊悚类型　76
　　　　动作、冒险类型　77
　　　　抽象的痛苦烦恼类型　77

第七章　剧本写作方式　81
　　7.1 实际目的——导引阅读者的目光　83
　　7.2 美感形式——导引阅读者的感受　94
　　7.3 场景叙述——少反而是多　96
　　　　给阅读者新的信息,从而带出情节发展　98
　　　　揭露更多有关主角的事件　98
　　7.4 对白——来自内心深处的情绪　104
　　7.5 潜台词　104
　　7.6 能量　105
　　7.7 预期　106

第八章　静下心来:写你的剧本　111
　　8.1 写作生涯　116

第九章　编剧这一行　123
　　9.1　没有任何行业会像演艺事业这一行　123
　　9.2　剧本市场　126
　　　　制片　126
　　　　导演　127
　　　　明星　128
　　　　大众　128
　　9.3　大企业，小生意　130
　　9.4　美国编剧同业公会　132
　　9.5　他们偷了我的创意！　133
　　9.6　真实人生的回忆录　135
　　9.7　美国的著作权　136
　　9.8　你的工作团队　136
　　9.9　拥有自己的经纪人　138
　　9.10　娱乐业的律师　142
　　9.11　个人事务经营者　142
　　9.12　宣传推销　143
　　9.13　评估报告　147
　　9.14　签订买卖交易　148
　　9.15　买卖合约——签订备忘录　149
　　9.16　募集财源　150
　　9.17　电影工作人员名单　151
　　9.18　创作上的权利　153
　　9.19　可以赚多少钱？　155
　　9.20　进到这一行吧！　157

出版后记　159

序　言

"营造幻梦的必要因素。"
——萨姆·斯佩德(Sam Spade)，《马耳他之鹰》(The Maltese Falcon)

拒绝了坐在对面的编剧所提出来的12个构想后，这位恐怖片的制片决定要告诉编剧，到底他想要的是怎样的故事，而编剧则正襟危坐地聆听。

大制片轻靠椅背，望着雪茄的烟冉冉上飘，思绪投入幻想之中："两对夫妻到山间小屋去度周末，却被突如其来的大风雪围困。在欠缺食物及无法下山的恶劣情况下，其中一位男士打算勇敢地下山求救；但不幸的是，这是剩下的三人最后一次看到他。捱过了又冷又饿的一天后，另外一位先生也打算下山去求救；留下两位女士，他摇晃的身影逐渐消失在大雪之中。

这两位女士实在饿坏了，拼了命地总算抓到了一只鸡（是在大风雪中！），并决定直接生吃。其中一位女士设法剖开那只鸡的肚子后，竟然发现了她先生的一截断指在里面！"

这位制片充满傲气地把雪茄塞回口中，装内行地看向编剧，期待着他肃然起敬的反应。编剧——也就是我，冒昧地提问："手指怎么会跑到鸡的肚子里去？"

听到这句话后，制片马上冲向前，把雪茄指向我并大喊："我怎么知道，你是编剧！"

这是我所得到的第一个带有警告意味的好莱坞经验——编剧就是要负责把断指塞进鸡的肚子里。编剧的工作，就是要使整个故事合理运转起来。

在电影制作团队中，也唯有熟练、巧妙的编剧所提出的创意，才能使原本混乱的情节，变得在观众看来合情合理。

这本书的内容，主要探讨如何让院线上映的剧情长片的观众感到满意

(satisfying)。不是电影批评理论,也不是类似填空题要你回答成功剧本创作的五个简易步骤。这里面没有公式、没有魔法,也没有未知的秘术。相对的,这里面有着如何审视构想的技巧、达成戏剧成功要素的技法、学习以编剧的身份来思考问题等等。这是一位编剧所写的有关剧本创作的书,里面提出的所有建议与观点都是来自于一个编剧经验超过20年、试着以剧作家的身份(而不是从评论家或分析师角度)想问题的写作者。同时,我也在世界多国多所大学院校担任客座教授,教学经验更让我知道如何将剧本创作的技艺传达给别人。

当然,如果你刻意去寻找的话,也会发现许多和本书所提出的建议及范例不同的理论,但这些不同的理论,并不会使书中的建议无效;这些建议也并不意味着否定其他剧作家的成就,我们只是处理方法有所差异而已。各位读者最终还是会自行选择创作的方法,以及所创作的内容。这本书所能提供的,是我多年工作经验积累而得的最佳指导原则。即使我非常坚定地支持自己特定的观点,但是我在这里陈述的所有剧作技巧理论,在编剧工作的应用过程中,也并不是如教条般刻板的。鲁德亚德·吉卜林(Rudyard Kipling)曾说过:"有960个方法可以编造故事,每个方法都是对的。"种种自相矛盾的言论,让好莱坞变得既有趣又疯狂。记下一些现在觉得有用的,剩下的内容留待日后再回头检视。有了多年创作经验之后,就可以将各种建议、告诫、方法,融合成自己剧本创作上的一套学理。

在阅读本书时,手边一定要有支笔,可以在空白处做笔记;阅读时,速记下反应和想法。书中也有好几页是涂鸦作业(scribble exercise),提出了特定的作业和问题,试着激起读者们的反应。涂鸦作业绝大部分应是你即时、直觉的反应,所以在持续读下去之后,可以回过头来删减或更新先前的笔记内容。

请您尽管把本书记得一团乱吧!

这本来就是一本有关创作的书。

好了,可以拿起一支笔,往下读了。我们要去了解,编剧该做什么,才能使观众感到满意。

Chapter 1
戏剧就是冲突

DRAMA IS CONFLICT

> 情节必须是经过妥善组织的，即使没有任何视觉效果上的帮助，任何人听到被陈述的故事后，都会对发生的事情感到毛骨悚然或怜悯不已。
>
> ——亚里士多德,《诗学》(Aristotle, *Poetics*)

人类说故事的历史已超过好几千年。我们会蹲坐在营火堆旁边,听着自己族内讲故事的人，把具有魔力的文字神奇地结构为文化上的期望和满足，进而使之成为本族幽秘的神话档案。在许多地方,故事由初期的娱乐需求,进而发展成一种想要创造更动人的情节,并以戏剧方式呈现的品味。不过在亚里士多德和莎士比亚（Shakespeare）将戏剧定位为喜剧（comedies）和悲剧（tragedies）之前，最早的戏剧形式可能是体育上的竞赛——两个对抗者在仪式化的过程中,为了相同目的互相对战,这目的就是:取得获胜的荣耀。

两个裸体的、身上涂满油的年轻人,在沙地上对峙。这两个人都是人中翘楚、上上之选,也都极富技能与活力,而且都是值得尊敬的,是他们自己种族社会认为能代表本族的具有最大力气和勇气的人。其中只有一位会得胜,观众会对胜利者产生支持的举动,一直到整个力量和技能比赛结束为止。

古代的对抗，与我们现在所看到的校园或职业篮球比赛，没有太大的不同。我们会因为对母校或是故乡城市的归属感，为竞赛双方中的一边加油，并对其产生忠诚感。虽然运动竞赛极为刺激，但选手和观众可能都不会满足，因为不论谁胜谁负，自己的人生都不会有所改变。不管哪一边获胜，我们的人生和两小时比赛前都没什么差别。

像先前提到的古代选手，被认为是对等且旗鼓相当的，当他们在沙地上翻滚时，其实就有着完全相同的价值感。只要能进到比赛，每一位选手都代表着文化上的价值观——年轻、力量、勇气、技能——不论到底谁赢，结束后他们都可能会一起去共享美食，并分享荣耀。可是当有观众是选手邻居，或是有人下赌注时，竞赛的结果就变成赚或赔的问题了。这时不论输赢，都不再只是精神上的价值(moral valence)而已。

让我们设想一下，一个好人和一个坏人在对战。两个人各自代表了一种价值观。其中一种，我们称之为好的，因为我们和观众都有与其同样的价值认定；另外一种则是坏的，因为我们的法律和行为准则并不认同这一价值观，更不能与之共存。假如这些对抗者是为我们而战，也就是说我们是和对战结果紧密相连的，那我们的生活便不可避免地会因对战结果而有所改变。假如坏人赢了，我们的生活将会被逆转；若好人得胜，我们的生活会过得更好。在这样的情形下，我们就和结果所带来的可能的改变，更加息息相关。

在我们的生活中，有了赌注出现；这时，我们也就有了戏剧(drama)。

戏剧就是冲突。这是有关一个人和另外一个人冲突的问题。然而这不仅是敌对的问题而已，戏剧是会给主角生活带来明显改变(significant transition)的冲突——这转变会改变主角们和他们周遭的环境。

1.1 戏剧要合情合理

但是戏剧也并不是事件的记录表，记述着这件事发生了，然后那件事发生，最后有些事出现。戏剧是要陈述故事，也就是：这件事发生了，也因为这件事的原因，所以那件事也跟着发生。戏剧要有因果的结构，也要让我们觉得它在生活上是合情合理的。

戏剧不是生活，生活往往太过平凡。早上起床、刷牙、吃早餐、上班、不小心爆胎、带狗去兽医院等等，这些日常生活上的事件，只构成日程表，绝大多数不会有清楚、满意的结果。可能我们会产生感动、刺激、失望等高低起伏的情绪，但大部分说来，生活只是由日常事件的众多插曲组成的整体，每个事件的重要性差不多是相同的。

戏剧，应该是浓缩后的(encapsulated)生活，把生活简化至最基本，但强化出最本质的东西。戏剧是线性事件，事件按叙述上的安排一一发生；戏剧告知一个人和另一个人"对抗——冲突——结果"这整个事件的全过程，其间每一部分都会使生活发生明显的改变，直接冲突带来成功或失败的影响。电影《洛奇》(*Rocky*, 1976)并不是叙述拳击史，而是表现一个人寻求力量来追逐梦想后的改变。《凡夫俗子》(*Ordinary People*, 1980)则讲述了主角和母亲关系改变，接着影响到全家人的故事。电影《雨人》(*Rain Man*, 1988)，讲述的是主角和其患自闭症的哥哥的关系改变，带来了主角为人处事态度的转变。《勇敢的心》(*Braveheart*, 1995)，则述说了在大环境影响下，一个人由自鸣得意地臣服到大胆反抗的转变。

因此，我们可以说：

$$\text{Drama is } \overset{\textit{Ordered}}{\wedge} \text{ Conflict}$$

（戏剧就是安排冲突）

编剧的首要工作，就是要萃取出生活中的重要意外事件，并且将之强调出来形成突出段落，并用来述说带来转变的故事。为达此目的，编剧要学会压缩时间和拆解事件。

富有想象力的编剧，创造故事丝毫不会受到时间和空间的限制。为了方便，我们可以用一个简单的图案来代表所有的素材，也就是从 α 到 Ω 的一切存在，以及从直向压缩到横向压缩的状态（参见下页的图）。很明显的，整个宇宙历史有太多的素材可以写成剧本,编剧一开始要做的,就是把时间压缩至一个可掌控的比例(proportion)。

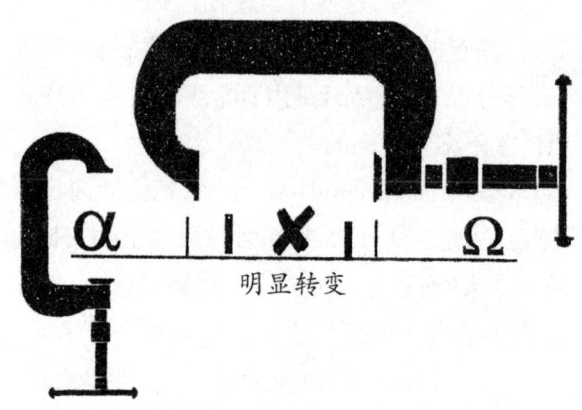

明显转变

不论为故事所挑选的时间是现代、过去的几千年,还是未来的数百年,编剧都要限制故事的范围。也因为特定的故事,时间更会被限制在一周,或24小时,甚或是几分钟之内。编剧要有技巧地审慎选择故事范围内所需要的故事元素,来作为明显的转变(也就是 X 的位置)。通常编剧生手会在这转变之前,不自觉地纳入太多观众不必知道的故事事件。但是有经验的编剧会知道,包围在 X 位置附近的时间长度内发生的事件,都是极其重要的,并且和 X 有着直接的因果关系。

同样地,有经验的编剧还会拆解事件,挑选出对故事带来直接冲击的部分,并且是和这故事的 X 有真正关联性的部分。举例来说,每个人都知道,电影中的角色是不需要从皮夹中掏出正确数额的出租车费的,大多数都是随意取出一张纸钞递给司机就可以了。这是因为确切的出租车费和剧情的结果并没有任何相关,和故事中的明显转变,也没有任何事关成败的关联性。

另一方面,如果编剧需要的话,一些生活上原本很单纯的事件,也可能给故事带来严重的影响。我们都知道,一般电影中若出现停车场空间,造访的主角们往往是不会停留的。但罗伯特·本顿(Robert Benton)和大卫·纽曼(David Newman)在重要剧本《邦妮和克莱德》(Bonnie and Clyde)中,却以这不变的传统做法,营造出惊悚的效果。

邦妮、克莱德还有他们有点笨的驾驶员莫斯,到了一个小镇去抢劫银行。虽然是一个小镇,但却因为车辆太多,使得莫斯无法找到停车位。这也许无妨,因为抢劫的过程很快就会结束。然而当邦妮和克莱德还在银行里面的时候,莫斯看到了一个停车位。为了达到取悦他们的目的,莫斯想尽办法将车子硬塞进狭小的停车位中。很不幸地,当邦妮和克莱德从银行出来后,却找不到车子了。而后,当莫斯费力地要把卡住保险杆的车子移出时,邦妮和克莱德找到了他,于慌乱中只好先爬到车上。这时愤怒的银行经理冲了出来,跟着跳上车子。被这出人意料的状况吓坏了的克莱德转身直接在银行经理的脸上开了一枪。

这是这部电影中非常可怕的一幕,同时也是本片转变为悲剧的开始。在此事件之前,本片都谨慎地避免暴力,而且带有抒情的风格。找不到停车位的场景本是没有特殊意义的,但编剧却谨慎地挑选既平凡又有些好笑的事件来震惊观众,并使之成为大变动的关键,同时把故事带入了黑暗世界。

1.2 剧本的前提

经过谨慎缩短故事中相连的时间,挑选出会立即给主角生活上带来或成或败的显著影响、剧烈改变的事件,编剧接下来就需要发展出前提(premise),也就是对故事主要冲突所做的简要陈述:

- 谁是主要角色?
- 谁是对手(antagonist)?
- 他们为什么对抗?
- 这冲突的结果,会带来什么改变?
- 为什么主角必须采取行动来达成这个改变?

这些问题都经过选择解决之后,传达给观众的戏剧才会是完全的

(gestalt)，带有满足的感觉和形态完整性的，同时才会和日常生活中偶发事件的记录，有了明显的差异。接下来，我们要进入由前提延伸出来的，针对观众设计的段落，亦即建立戏剧化故事的结构——开始、中间、结尾。

 **涂鸦作业**

为你的剧本写下三个句子的前提。

❏ 一个主角和另一个主角对抗。

❏ 为什么这些角色要互相对抗,才能达到各自的特定目标?

❏ 根据这出戏,主角的生活会有什么改变?

Chapter 2
让观众满足

SATISFYING THE AUDIENCE

> 这里什么都没有。只有我们、摄影机,以及在黑暗中的一群能干的人。
>
> ——诺玛·戴斯蒙德(Norma Desmond),
> 《日落大道》(Sunset Boulevard,1950)

不论是在火堆旁、在希腊圆形剧场(amphitheater)、在中世纪时的马车上、在伊丽莎白女王的剧院里,还是在现代多厅的电影院中,人类都希望成为一个善于讲故事的人。有时讲故事的是单独的一个人,有时讲故事的则是一群巡回演出的人,有时是木偶、动画卡通人物,有时又是电影大明星。但不论故事是由一个能说善道者讲述,还是由复杂的电影制作团队述说出来,令我们这些观众出神的故事,或多或少都给了我们以人生的启发。从《圣经》、希腊神话与戏剧,到莎士比亚的剧本,人类的重要记事差不多都已被诉说过。虽然如此,从这些基本情节仍可衍生出无数的变化;而我们对于用不同的表现形式和角色,一再表现这些伟大故事,似乎也是百试不厌。

叙事界的行家到底是如何编写制造出魔力的?是什么天分让我们臣服在他们的魅力之中?虽然有些人天生就是健谈者(raconteur),但大多数人还是要经过学习,才能把故事讲好。而且,一个好的作家必须不断地再学习,并持续地求取技能上的再进步,才能得到讲故事的才能,并迷惑住观众。

持续学习另外一方面的意思,指的就是:任何电影戏剧所讨论的内容,都不应该被当作公式来看待。在写作创作上有太多的神秘和魔力,是无法简化成公式的。况且,公式化地讲述故事,很快就会变成陈词滥调。因此,在这里我们要探究的是说故事的结构。类似摩天大楼内的骨架,是剧本的内在结构坚实地支撑起故事的重量。如果欠缺坚固的故事支架,故事内的重要元素就无所附着,最终将变成不相关联的断简残篇。

虽然经过数千年的分析、责难、牵强附会,也经过再被细分,基本戏剧结构仍是由以下三幕(act)所组成:

- 第一幕　　开始（The Beginning）
- 第二幕　　中间（The Middle）
- 第三幕　　结尾（The End）

从字面上来看,这三幕结构的区分实在太过基本,看起来甚至有些可笑;但不要忘记,古老的金字塔也拥有极简单的建筑结构,却没有人会质疑它的久远性。

你可能在高中作文课程中,就已学过这种基本法则衍生而来的变异使用。文章的段落,首先有一句主旨句,接下来是主体,最后是结语。另外,你一定也听过一种老套的说法:**"告诉他们你将要告诉他们的,告诉他们你正在告诉他们的,告诉他们你刚刚告诉过他们的。"**老实说,戏剧和这项历史悠久的传播信息的原则,也没什么不同。

无论如何,电影戏剧绝对不只是意念上的传播。电影是蕴含高度情绪的媒体,可以经由音乐、对白、音效、影像及众多其他元素向我们进行传播。观看经验不只进到我们大脑,更进到心中;不只进到我们意识,更到达我们的心灵。一部电影剧本绝对不只是演讲的纪要,也不是论文的纲要。一个好的剧本,为一切完整的生活体验创造出其赖以存在的基石,而且这种对虚拟的现实生活的体验在电影院之外几乎不为我们所察觉;编剧的任务,就是要以一个讲故事者的感觉来定下结构,并期盼能迷惑住观众的心灵。

为了更好地从观众角度来思考问题,我们将三幕结构的定义加以扩展。作为编剧,就要把开始、中间、结尾,转换为:

- 吸引力（attraction）
- 预期心理（anticipation）
- 满意（satisfaction）

现在我们为这三幕带来了生命力，而且也暗示了每个部分各自应当实现的目的。

2.1 吸引力

编剧在一开始时，就要能吸引住观众的注意力。我们创造出主要角色，并为主角带来非解决不可的问题。理想的情况下，观众会如主角般地投入。但如果无法明确地抓住观众注意力的话，他们的兴趣就会变得不足，观众被吸引的程度就会像主角所处的困境般多变。主角或许是华丽耀眼的、无特色的、值得崇拜的，甚至有些令人讨厌，但主角必须去面对如何抓住观众注意力的问题。故事的第一幕一开始，观众们就必须设身处地地自问："我真想知道主角怎么解决这个难题。"如果你能吸引观众想到这个问题，那你就是个成功的编剧，已经够格来述说更令人感到有趣的故事了。

2.2 预期心理

中间的第二幕，编剧就要带起故事的张力（tension），让观众预期到有更多有趣的事将要发生。然而这些有趣的事，绝对不只是一些小插曲和小挑战的串连，而应该都是密切关系着故事的明显改变，是担负着巨大成败关系的事件。故事的内容要使我们感兴趣，因为我们希望看到主角成功；也因为希望主角成功，所以主角必须去克服许多不容轻视的障碍。换句话说，就是主角被迫要面对故事带来的冲突，并且对抗外来对手以及主角自己内心的恐惧。

2.3 满　意

当主角在第三幕克服了内心障碍,解决了在第一幕出现的问题,达成目标之后,就可为观众带来满意与满足。主角也因此解决了第二幕延续而来的张力,和观众一起达到完全的、完整的故事的尽头,让观众心满意足地离开戏院。观众离去时,可能快乐可能悲伤,可能赞同可能愤怒,可能欢笑可能啜泣——但是都对故事拥有了完整性结局感到满意。因为故事并没有不完全,而且这短短两个小时的影音世界是完美拟真合情合理的。

电影《雨人》故事大纲

1. 查理·巴比特(Charlie Babbitt)是一位精力旺盛、年轻又自私的商界活跃人士。他发现一向和他不合的父亲,将遗产留给了他长大后从来不曾知道其存在的哥哥。

2. 因为急需用钱来挽救事业,查理绑架了他患有自闭症的哥哥雷蒙德(Raymond),想把哥哥继承到的财富转变为赎金。但是当查理带着雷蒙德横穿美国时,突然发现雷蒙德可以用心算,既快又正确地计算出复杂的数学问题,于是查理利用雷蒙德这项特殊能力,在拉斯维加斯赢了大钱。只是在这趟旅程中,查理得到了更重要的东西——开始珍爱他的哥哥——并且清楚认知到,雷蒙德其实就是他想象中的"雨人"(Rain Man),是在查理小时候保护他的人(雷蒙德和"雨人"发音极为接近,因此取本词)。

3. 抛开和父亲分裂的痛苦后,查理开始珍惜他的哥哥雷蒙德,并积极争取监护权。但在最后监护托管的公证会上,雷蒙德被确认无法离开他已生活习惯的教养院而单独生活。查理虽被迫放弃想从雷蒙德身上获得好处的念头,但他终于了解了自己,并变得能够和他人相处。

 涂鸦作业

简短地写下你的剧本三幕的个别情节。

❏ 第一幕　吸引力

❏ 第二幕　预期心理

❏ 第三幕　满意

Chapter 3
银幕故事的要素
THE ELEMENTS OF SCREEN STORY

> 我们必须经常地跳下断崖,并在坠落的过程中,赶紧生长出可以飞翔的双翼。
>
> ——库尔特·冯内古特(Kurt Vonnegut)

延续先前讲过的,标准叙事三幕结构类似建筑学理上的金字塔,要知道不论骨架如何坚固,如果我们的故事金字塔仍是由脆弱的材质组合而成,便还是会有粉碎的可能。事实上,每一个故事均由许多特定的基础元素建构而成,包括:建立主要角色、构建他(她)的环境、提出戏剧冲突的核心问题、提供可能解决问题的方法,以及主要角色最后必须采取什么行动来克服障碍,并解决冲突。

这些特定基础元素的安排结构顺序,也就是创造性写作的真正技巧所在。事实上,这些基础元素会被拆解成许多小块,并分布在整个结构之中。在特定的故事形式(也就是类型,genre)中,有些基础元素必须重大且明显;但在另一种类型的故事中,相同的基础元素可能根本不引人注意。只要是结构良好的银幕故事,都会利用全部用得上的基础元素,因为如果有任何减损,不只会减弱整体结构,而且会使故事金字塔不可避免地留下裂缝。

接下来让我们检视一下组成故事结构的基础，同时也要知道，这故事要素并不需要按照所列出的顺序出现(虽然通常还是会如此)。

背景故事(back story)

如果我们要说的故事之明显改变，是发生在特定范围之内、有限的时间之内且经过选择的，那么很明显，在故事开始以前，有些事曾经发生过。当然，有很多事发生过，但在这里所提的背景故事，指的是建立了我们正在观看的环境，以及当前(current)故事的事件。举例来说，莎士比亚笔下的哈姆雷特(Hamlet)王子回到丹麦后，很快就面对了自己父亲的鬼魂，这鬼魂告诉哈姆雷特，他的母亲和叔父都是杀人犯，并要哈姆雷特为他的死亡复仇。

许多编剧新手的普遍错误，就是觉得在自己的剧本中不得不安排过多的背景故事。虽然哈姆雷特的母亲和叔父间的私情，以及有计划地谋杀国王的过程，可能会引起人们的兴趣，但莎士比亚很聪明地只提供了必要的背景故事，却也建立出我们正要观看到的戏剧情势。我们根本不需要知道太多背景故事，因为这故事的重点在于哈姆雷特如何去解决由鬼魂给他带来的戏剧冲突。

当然，身为编剧，是有必要提供清楚、有时甚至是极为明确的背景故事，但也要记得，观众是不需要知道所有细节的。我们可以由仅带有最少量信息的当前故事开始着手，通常它完全不需要提供任何背景故事上的信息。

根据所叙说的特定故事或是类型，背景故事可以像哈姆雷特的遭遇般明显突出，也可以像罗伯特·唐尼(Robert Towne)的著名剧本《唐人街》(Chinatown)般有多个背景故事，极为复杂。《唐人街》是个侦探故事，由杰克·吉缇斯（Jake Gittes）接下一个离婚案件这种再简单不过的情节开始，但由许多人物互相纠结而一起组成的众多背景故事，将本片故事升级到极端复杂的程度，使其宛如令人困扰的迷宫。杰克本身就有个个人的背景故事；艾芙琳·莫拉雷（Evelyn Mulwray）是另一个；艾芙琳的父亲诺亚·克罗斯（Noah Cross）又是一个；就连洛杉矶市也有着复杂的历史。但编剧唐尼和导演罗曼·波兰斯基（Roman Polanski）只给观众提供了极少量必要的背景故事，而这也是主角杰克必须去解决的难题所在。这种带有连续性的背景故事详细解说，事实上也就是侦探影片的质量保证。影片中的侦探必须去解开隐藏的背景故事之谜，才能处理由戏剧冲突所带来的、他必须要去解决的难题。

另一方面，像动作冒险片这类的类型影片，往往有着极简单、不复杂的背景故事，可以用一行字或两句话说完。詹姆斯·卡梅隆（James Cameron）的电影《终结者Ⅱ》（*Terminator 2: Judgement Day*, 1991）中，一开始冷冰冰的旁白中就提到，有一个坏的终结者要去杀约翰·康纳（John Connor），另外有一个好的终结者赶着去救他："问题在于，哪一个终结者先找到他？"这些也就是观众在故事一开始需要知道的而已。我们不需要知道有关未来战争的复杂、完整的历史过程，也不需要知道角色的动机，只需要知道为什么事情就快要发生了，我们要赶快坐下来看。

想要把背景故事的信息带给观众，最没效率、最笨拙的方法，就是使用倒叙（flashback narrative）。有太多编剧新手都会中断观众正在观赏的故事，并且倒退到与当前故事间隔漫长、通常也不甚需要的背景故事的时间点。造成中断的背景故事述说完毕后，观众也忘掉了你的故事的时间背景。更不好的情况是，进到倒叙之后，反而失去了已铺设好的戏剧冲击力。

再次提醒，剧中人物如关系极为复杂，有可能需要较多的背景故事，来陈述复杂的人物关联性。然而，一个有技巧的编剧会把背景故事减至最少。身为编剧的你，要经常自问：

- 我们真的必须知道这些背景故事，主要剧情才能再继续下去吗？
- 何者是最简单、最不冒失的方法，可让观众接受到背景故事的信息？

  • 有哪一个方法可以做到当有事情发生时，只带给观众最少量的绝对必要信息？我能不能保留情节中的解释，却不会令观众意识到它是一个背景故事？

如果你越能无情地断然地检视这些问题的答案，你就越有可能发现，原来完全不需要像一开始所想的那样，要有那么多的背景故事。

内心需求（internal need）

一般说来，大致会有两类背景故事：一种是真正故事上的信息，另一种则是用来强调主角主观上的直觉（subjective intuition）。侦探、惊悚及动作冒险这些类别的影片，通常会加入一些观察主角当时状态的戏份，试着以第一种背景故事的类别，来建立即将看到的故事情势。另一方面，更多的个人及人物关系戏剧元素，就经常用来强调主角理应具备又恰恰有所欠缺的个人特质的描写。

这两类别的背景故事，都是用来建立主角的内心需求。为了使人物个性鲜活，主角必须试着去理解自己未曾知晓、未曾察觉的个人特质。在描述人物关系的剧情上，主角欠缺的个人特质，通常会是同情、怜悯、宽恕，甚或是独断独行等性格元素；一般会是主角自以为自己已经具备，但其实并不具备的性格特质，或是主角认为根本不重要的人物特征。在不自觉的情形下，主角被迫必须去应对一个内心的，也是最重要的明显改变。

在动作影片中，这特质通常只表现为单纯的勇气，而更常出现的，是主角未曾付诸实行的价值观念。一般观众对这欠缺的个人特质都能有所理解，而让观众会一直看下去的主因，就在于主角将会——其实是必须——实现这个人特质，才能解决戏剧冲突并让观众得到满足。

对观众来说，重要的是和主角共同去理解、抓住内心需求，而不只是得到一个好的故事。主角内在需求的圆满解决，也带给我们价值观上的净化，并使我们了解自己可能存在的弱点或短处。

再回到电影《雨人》，主角查理因为和他父亲的恶劣关系，完全封闭了自己的情感世界。随着观众所看到的剧情之发展，一系列事件强迫查理去学习并接受自己先前所排斥的情感体验。在典型的动作冒险爱情片《非洲皇后号》(*The African Queen*, 1951)中,查理·奥尔纳特〔亨弗莱·鲍嘉(Humphrey Bogart)饰〕就直截了当地表示,不会对任何人做出承诺。但第一次世界大战的开始,以及与罗茜〔凯瑟琳·赫本(Katharine Hepburn)饰〕的相恋,却迫使他做出了勇敢的自我牺牲。

编剧新手通常会问,主要角色是否也可以是个对抗者?这问题的答案是,主要角色都是对抗者,因为主角必须去对抗未知的内心需求。然而,如果不是因为需要应对来自外在戏剧环境的压力以及外来对手的威胁,主角永远都不会去面对自己的内心需求。由于即将面对的痛苦的斗争与挣扎一直被成功地避免着,主角对内心需求一直予以忽视,直到面对当前的戏剧冲突。

刺激诱因(inciting incident)

到目前为止,我们有了背景故事,也有了隐藏着未知的内心需求的主要角色,但涉及我们希望讲述的故事的明显转变,还没有有影响力的事情发生。然而,从今天开始,主角的生活与之前相比再也不同了,在今天有极特殊的事将要出现了。有可能战争将要开始,有可能主角要谈恋爱了,有可能他失散甚久的兄弟将会回来,有可能他会被别人所误解。不论是什么,今天都会出现一个刺激诱因,出现一个不同寻常的事件,带出主角需要解决的难题、应当克服的挑战,或是将要开始的冒险。主角是绝对逃离不了这刺激诱因的,也不能对其不予理会,像没事般地继续生活下去,并且更是需要立即采取行动。主角不能等问题自己消失,或是等别人来解决。不管喜不喜欢,主角都被迫要寻求解决的方法,或者亲自参与进行征服冒险。

外部目标(external goal)

刺激诱因带来的力量,使主角聚焦外部目标,也就是主角相信可以用来解决刺激诱因所带来的难题的行动或是对象。最单纯的情形是,主角必须达到这个目标,才能让生活过得更好。让生活更好,有可能是得到特别的爱情、有可能是解救他人、有可能是解决家庭成员间的纠纷、有可能是重获健康,也有可能是拯救了自己的性命。不论是哪一件事,主角决定采取且观众也会认可的这个外部目标，将有助于解决由刺激诱因所带来的戏剧冲突。

由恩斯特·莱赫曼（Ernest Lehman）编剧、阿尔弗雷德·希区柯克（Alfred Hitchcock）执导的电影《西北偏北》（North by Northwest，1959），有着电影史上最绝妙但又最简单的刺激诱因。由加里·格兰特（Cary Grant）饰演的完全值得信任的广告经理人，在饭店外有人大喊乔治·卡普兰（George Kaplan）这个名字时正巧意外地站立在现场。这简单的巧合，开启了连锁反应——诸如误认、谋杀、国际阴谋等一系列事件——把加里·格兰特饰演的角色推到了更深的危险之中，直到他不得不采取英雄式的行动来解救自己和所爱的女人。很明显，这一天真是与众不同，也因为有这一天，主角就因戏剧冲突而有了极大改变，和一开始的个人性格完全不同了。

准备（preparation）

主角要达成外部目标，并不会太容易。如果太容易，那也就没有故事可言。通常主角第一件要做的事，就是制定达成外部目标的策略、搜集相关资源和装备，并且整合一切对实现外部目标有所帮助的力量。根据所述故事的不同，主角可以向朋友或家庭寻求帮忙，可以向职业救助者——如警察——寻求帮助，或是寻求一些志趣相投的同伴的专业协助。例如电影《十二金刚》（The Dirty Dozen，1967），大部分情节都在描写美军的莱斯明少校为达成目标，如何将一群被委以死亡任务的罪犯从毫不称职的士兵整合成近似军队的群体。而在另外一种情形下，准备故事要素则是极个人化的。在电影《洛奇》中，洛奇·巴尔博厄（Rocky Balboa）为了未来和阿波罗·克瑞德（Apollo Creed）的对决，正在经历肉体上紧张剧烈、精神上孤独寂寞的双重考验。在《凡夫俗子》和《心灵捕手》（Good Will Hunting，1997）中，主角都是借由严格的心理疗法，来准备日后的对抗。

不论你创作的是哪一类别的故事，要记得，其中的准备时期必须要足够戏剧化；对主角来说，准备须具有深远影响效果，准备也有可能是主角理解内心需求的重要因素。

敌对力量(opposition)

然而还是要记住一个事实,让主角达成目标以解决问题,还是无法让故事更戏剧化。记得吧,戏剧就是冲突。如果没有敌对力量,对观众来说,也就没有张力和期待。每一个戏剧故事都要有外来的力量,试着要阻止主角去达成目标。绝大多数的敌对力量都会是个具体存在的对手——另外一个和主角有着相同目标的人,或者是有着他自己绝无仅有的目标的人。

而且对手会是更强大、更有力量的一方,也拥有更多的资源。假如对手不是比主角更有力量,那也就不能构成敌对力量,主角会轻易赢过对手,毫无阻碍地达成目标。对手倒也不一定要是坏人,但对手的目标,和主角的目标应当是有所冲突的。《心灵捕手》中的兰波(Lambeau)教授并不是坏人,事实上,他更是给了威尔极多的关心。虽然如此,他却是个敌对力量,因为他期望威尔实现的目标,是和威尔自己的外部目标互相对立的。也因为对手比主角更有力量,所以主角的计划和准备必然会失败。很明显的,主角被打败了,所有的有利的优先权都被消除忽略了。主角什么资源都没有,除了他自己。

自我启示(self-revelation)

这时是故事中的主角理解自我内心需求过程中的最低潮,同时因为外在的戏剧冲突,引发了主角内心的明显转变。这样的自我启示可以借由和其他角色的对白揭露出来,但对观众来说,更有效的方式是看到自我启示的成效,而不在于去猜想主角内心的变化。未来在创作时,你要记住一句箴言:一个角色是不会凭空被真正了解(realize)的,观众对主角的理解,基于主角的所作所为。

沉迷困扰(obsession)

如今主角像换了个人似的;也因为有着个人上的自我启示,所以主角就更热切地专注在外部目标上。要记得,外部目标是不会和主角的内心需求直接相关的,因此一开始的难题尚未解决。对主角和敌对力量来说,外部目标变得越来越重要,除非主角达成目标,否则他将会输掉一切。也就是说,主角现在正在努力达成外在力量影响下的、造成明显转变的←✖→情节，这将会影响到周遭环境（surrounding society），(( ))的故事同时影响的也包括身为观众的我们。

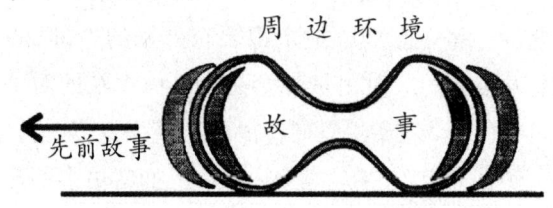

争斗（battle）

在主角和对抗力量间取得妥协已是不可能的事。他们不可能都达成目标，所以必须要对抗，也只有其中一人会赢。根据故事，这争斗可以是身体上的对战，如西部片中充满黄沙的街道上的枪战；可以是法庭中言语的辩论；也可以是交恶的爱人或家庭成员间，情感上的疏离隔阂。在一般情况之下，要使原始戏剧冲突获得解决、观众的情绪张力得到纾解，唯一的方法就是让主角和对手一直对抗直到有人死亡为止，不论这死亡是文字直接叙述出来的，还是象征性的隐含描写。重要的是要记得，我们是在看主角的故事，所以主角就必须依靠自己的力量来对抗。对观众而言，如果是外来力量进入而解救了主角，这结果是非常令人不满意且相当不智的。主角必须自己努力脱离困境，否则由外来事件而产生的自我启示将毫无意义。

身为编剧，也需要认清，观众投入情绪和时间，目的就是要看主角达成目标并获得胜利。通常编剧新手会想要杀掉主角，因为他们相信主角的死亡或许更有意义。在电影史上，也的确有几部伟大的电影，主角在结局时死掉了，如《拯救大兵瑞恩》(Saving Private Ryan, 1998)，而这故事中的主角是为了更崇高的原因、比原始外部目标更高的价值而死。当主角英雄式的死亡使周遭环境变得安全或较完整时，观众仍会感到满意。但无论如何，安排主角死亡是非常冒险的，因为这极有可能漠视了观众对戏剧故事的期待，以及对主角的景仰。

问题解决（resolution）

当主角解决了由刺激诱因所建立的冲突后，就又开始了一个新的故事。主角和周遭环境都因这故事中的事件，而有了明显改变。有可能主角的内在改变意义极为深远，但对家庭或朋友间周遭环境改变的程度就相对的微小，这在许多描写强烈人际关系的戏剧上常可看到。但一般说来，主角的内在改变往往都会对周遭环境带来重大转变，无论这环境是脆弱的西部片城镇、开战中的国家，还是受到威胁的文明国家。主角可能会有比较严肃的人生，也有可能还是他人的伙伴，但他绝对不会和戏剧一开始时一样。也因为主角的行动，整个周遭社会也跟着被永久改变。

再次强调，不需要将这十个故事要素看成公式，它们也不是填空题目，但却是完成一个严密、完整的总体故事结构的基础原则。这些要素不一定要按照这个顺序出现在你的剧本中，所占比重也不一定都要相同，各元素完全可以依据你所要说的故事而定。但无论如何，所有结构良好的银幕故事，都会出现这十个要素。你累积越多的撰写经验，就越可以将这些基础原则进行更个人化的表现。有时你可能会不自觉地想到这些原则，这些原则对你的每个剧本来说也将是不可或缺的。

现在，利用涂鸦作业来帮助你自己设想一下，在你的剧本中你要纳入的事件。尽量利用写作上的直觉，简要记下你对这些故事要素的想法和印象。记得，这份涂鸦作业是不需要太仔细的。

 涂鸦作业

根据你的剧本,写下这十个故事要素的简短说明。

❏ 背景故事

❏ 内心需求

❏ 刺激诱因

❏ 外部目标

❏ 准备

❏ 敌对力量(对手)

❑ 自我启示

❑ 沉迷困扰

❑ 争斗

❑ 问题解决

Chapter 4
故事角色

SCREEN CHARACTERS

动的东西，比静止不动的，更能立刻吸引眼睛的注意。
——威廉·莎士比亚（William Shakespeare）

把前面提到的故事要素结合起来的，就是角色人物（character）。事实上也没办法将情节（故事）和角色区分开来，这是因为它们是彼此相互依赖而存在的。即使某些标榜自己是纯内心戏的电影，只有很少或没有明显的表演动作，也仍需要有故事存在。就我们所了解的，情节就是角色故事上的明显改变，角色的动作会带来周遭环境故事上的明显改变。你无法只取其一而舍弃另外一个。

虽然如此，有许多教导如何写戏剧故事的书，还是会提供一些创造角色人物的各式填充题库。这些检查核对式的问题，通常有关角色的身体、心理或社会特性，例如：

- 你的角色拥有什么颜色的头发？
- 你的角色有多高？
- 你的角色的职业是什么？
- 你的角色对性爱持何观点？
- 其他。

这些有关角色特质的列表，是希望能帮助你去建立一个角色，靠着决定人物的头发颜色、身高、职业，在创作中拼拼凑凑，就可创造出一个有趣的角色来。只不过，角色绝不会仅仅来自一系列的列表特质。角色是会呼吸的，存活在你的剧本之中；他们会带来生命力，并且可将故事结构完整地接合在一起。

好的剧本，也不是只建立了角色就可以。有创意的编剧在构思角色的瞬间，就给了角色以生命，并且保证他是一个完整的个人。角色将与你共同生活，你的责任就是寻找令他们生动鲜明的方法。在这个概念下，写作就是一种极抽象的角色召唤（invocation）。你必将是角色的发现者（discoverer），而不是创造者（creator）。从某方面来说，你就像是坐在会议桌上，召集你的角色们来参与戏剧演出，同时让他们在你有创意的想象力中茁壮成长。

对书面化的写作来说，如此的创作方式会不太自然，但剧本创作所遵守的结构法则也不是公式；好的角色，在不同的情节中，也不是被制造为一成不变的。

相反地，剧作家必须要去倾听内在的声音——不是剧作家自己内在的声音，而是存在于剧作家身体中角色的声音。

- **要学习主动去倾听**。让你的角色和你说话。剧作家打字的速度，来不及将角色的话记录下来，是很令人伤脑筋的。如果你不施加蛮力的话，角色就会有了自己的生命。要记得，相信那个角色的直觉（instincts）。

- **使用自传体式的放大镜**。当然，所有的角色都是你自己而不是别人。你可能会说，你是根据你姑妈来设想一个角色，但事实是，你已经透过自己自传体式（autobiographical）的放大镜，来塑造出这个有你姑妈特质的角色。要充分利用这个放大镜，你必须真正接触到内心的感情、疑虑、恐惧、得意、失望，同时也要记得，放大镜是一体两面。当你碰到有个角色拒绝再说下去、再表演下去，在剧本故事的过程中变得呆滞，那有可能是因为这角色太像你了（too much you）。剧本太像你自己的自传，你把太多自己的特质加诸在角色之上。假如碰到这情形，就去为这角色搜寻比你更多的特质。如果你的角色是自私的，就去设想买个昂贵的生日礼物给你妹妹是多么困难，然后放大这个感觉,透过放大镜灌输到角色身上,这个角色就会有自己的生命,而且会有不属于你的(un-you)的动作,让你大吃一惊。

- 最后,记得是导引角色,而不是建立角色,你必须去喜爱他们。角色不像活人般完美,但你还是要去爱上他们。你不能只是觉得他们有趣或是对其好奇——你一定要喜爱他们。

现在,有个令人伤脑筋的涂鸦作业,检视一下,有助于你导引你的角色。

 ## 涂鸦作业

这些问题，要立即作出反应，而不要加以思考设想。这些问题也没有标准答案。重要的是你应作出立即、本能的反应，而不要提供仔细设计后的回答。如果有人大声念给你听，你马上作答、无法作假会更佳。

❑ 你的主角什么时候最快乐？

❑ 你的主角可能有什么才能？

❑ 如果你的主角改变自己一件事，会是什么？

❑ 你的主角认为自己最伟大的成就是什么？

❏ 你的主角最珍视的财产是什么?

❏ 你的主角最浪费的行为是什么?

❏ 什么时候你的主角会撒谎?

❏ 你的主角最后悔的事是什么?

惊异吧？

如果没有任何一个回答会令你感到惊异，那你可能是把你的角色控制得太严了。给角色一些空间吧！也让你自己去发现而不是去管理你的角色。

现在让我们开始角色发现之旅。下面有些问题，你在第一章为你的剧本所写的前提，现在应该就可以加以回答了：

- 谁是你的主角？
- 这位主角想要什么？
- 有什么可能阻止主角达成目标？

4.1 谁是你的主角？

传统惯例中身体上、社会上以及心理上的特性，会欺骗编剧，因为它们使人忽略了故事角色最重要的本质所在。角色就代表着他们的行动。如果是冲突的剧情，角色就是动作。在这里，动作并非指枪战或飞车追逐，而是指角色采取一些行动来达成目标；角色也必须做一些戏剧上的选择决定。更深入地说，戏剧上的选择，也代表着一个人陷入冲突之中。举例来说，由大卫·马梅（David Mamet）所写的电影剧本《大审判》（*The Verdict*）中，弗兰克·加尔文（Frank Galvin）是个失败、酗酒的律师，在处理一个医疗纠纷的案件中，得到一大笔钱。可是当他面对这笔钱的支票时，却不愿意妥协。"如果拿钱，我就输了。我只会变成一个专办交通事故案件（ambulance chaser）的有钱律师。"这是一个极重要的戏剧选择，也为后续故事带来决定性影响。

在电影《绝命追杀令》（*The Fugitive*，1993）中，金布尔（Kimble）医生在火车事故后的逃亡中几乎再被逮捕，但是，当他面对要么听从联邦执行官塞缪尔·杰拉德（Samuel Gerard）的命令、要么跳下可能使自己丧命的水坝泄洪道的选择时，他选择了往下跳。当然，不是每个角色都必须面对生死攸关的决定，但是他们的决定应该要和他们的故事有着相等的戏剧性才行。

涂鸦作业

❏ 你的主角所做的第一个戏剧上的选择是什么?

❏ 为什么你的主角需要去做这选择,而不是采用别的简单方法?

❏ 当主角做了戏剧上的选择后,有什么立竿见影的成效?

❏ 其他角色在主角作出戏剧上的选择后,会受到怎样的影响?

4.2 角色的最少量行动

角色所做的选择，是基于他们对自己的信任，以及思考和行为的方式——也就是故事要素中的内心需求。但是角色们并不会直觉地做出戏剧上的决定，而是像一般的人们那样，先采取最少量的必要行动（minimum action），以避免暴露出内心的需求。

设想有个角色叫史丹利，是个害羞、性格孤僻的会计师，刚刚买了一所新房子。住到新家的第一个晚上，他才发现隔壁有一只大狗，会彻夜大声吠叫，使得史丹利根本无法睡着。这时，史丹利要采取什么样的方法，来解决这恼人的情况呢？

方才提到的史丹利这个角色——以他过去对自己的认识与作为，他极有可能是把枕头抓来蒙住头部，试着隔绝狗叫声；但狗却是一直在叫着。连续两天失眠后，他可能会打电话给警察或是动物防治单位，但这方法在大城市并没有什么成效。第三天的失眠后，史丹利可能会悄悄地潜行到隔壁，塞一张匿名纸条到信箱去：请让你的狗安静！

不过大部分这样的行动是不会得到响应的，于是史丹利变得就要神经崩溃，他已经快一个星期没有好好睡觉了。每次似乎只要史丹利的头一沾到枕头，狗就会开始猗叫。于是史丹利豁了出去，愤怒地随便披上睡衣外袍，大跨步穿过草坪，用力地在邻居大门上敲打。无论如何，他一定得让这只狗不要再叫才行。然而，当大门打开时，却出现了一位美貌的、衣着单薄的小姐。她邀请史丹利进门小坐，奉上一杯小酒，并与之一起坐在舒服的沙发上。现在，史丹利就必须做出难以决定的、戏剧上的选择。

对史丹利来说，在试过了所有温和的方式后，现在真是难以决定。史丹利也可能会在面对这位芳邻时，根本无法立即做出戏剧上的决定，所以他必须以删去法的过程来采取行动。

聪明的编剧，还是会极迅速地强迫史丹利采取戏剧性的行动。例如，有可能在史丹利失眠的第一晚，隔天早上有个极重要的商业会议要召开，史丹利未来的仕途生涯，就建立在这场会议中的全神贯注之上。面对着职业上可能的挫败，史丹利有可能放弃个人的既有观念，做出勇敢的摊牌行为。

角色的自我观念（self-concept），虚构出了出现在我们故事之中的"人物"（who）。自我观念就是态度（attitude），也就是角色想要让外在环境理解的行为，或是自认被环境所理解的层面。带有特殊气质的角色，通常会由大明星演员来予以具体化。大明星，事实上也就是特定银幕作为之代表的个人化表现——可以想想加里·格兰特（Cary Grant）、詹姆斯·斯图尔特（Jimmy Stewart）、阿诺·施瓦辛格（Arnold Schwar-zenegger），还有哈里森·福特（Harrison Ford）这些明星。当然这些都是伟大的演员，也是大明星，而且，毋庸置疑的是，他们所扮演的角色都带有强而有力的形象。观众去看克林特·伊斯特伍德（Clint Eastwood）的电影，都知道他大概的样子。此处并非否定克林特·伊斯特伍德是个好演员，但应该没有人会希望看到他饰演史丹利会计师的角色，或是饰演苦恼的哈姆雷特。因为在克林特·伊斯特伍德的演艺生涯中，大部分时间他都是扮演刚毅、冷静、果断的角色。对观众来说，看到克林特·伊斯特伍德扮演优柔寡断或是口吃的角色，应该是极不舒服的。

大多数情形，编剧都无法参与选角（casting）事宜，但是你可以利用这些明星的特质来让你的角色更了解自己。举例来说，你想象克林特·伊斯特伍德是你的未来演员，就把你的主角塑造成有克林特·伊斯特伍德特质的象征性呈现。要使演员看起来是合适人选，你应该会发现角色对外在环境的态度，是重点所在。角色的态度，是你一定要写进剧本中的。

更重要的是，编剧的价值观（values），也会塑造出角色的自我观念。在此先回想一下电影《卡萨布兰卡》（Casablanca，1942）中亨佛莱·鲍嘉（Humphrey Bogart）所饰演的里克这个角色。我们可以说里克的态度是愤世嫉俗的、带有旁观性质的无赖的态度。可是随着故事铺陈，他的价值观也受到了考验。他的态度仍是无赖态度，可是他所展现的内心深处的价值观，却和无赖的形象不一致。

价值观就是塑造生活上的意念和主张，必须能确实并入角色的个人形象——而且也正是这些价值观,会在未来遭遇到故事事件的挑战,也因此主角才可以抓住内心需求,并改变自我观念。

电影《红潮风暴》(*Crimson Tide*,1995)——由迈克尔·希弗(Michael Schiffer)和理查德·P. 亨利克(Richard P. Henrick)所编写——中的潜艇舰长弗兰克·拉姆齐(Frank Ramsey,吉恩·哈克曼饰)和海军少校亨特(Hunter,丹佐·华盛顿饰),就是角色们为了相异的自我观念而争斗的最好范例;也就是说,他们有着互相矛盾的价值观念。两位主角都忠于国家,也都想做正确的事,没有任何一个是坏人,但是由于他们个人的价值观念不同,彼此却会去质疑对方如何做才是做正确的事情,这也就是戏剧冲突的要素所在。在电影最后,这两位军官都必须表露出内心需求,同时调整自我观念,但表面上看起来,却好像没有任何人改变过他们的态度。

在《心灵捕手》中,威尔很明显地处在混乱之中,因为他正设法建构一个自我观念,用来让他自己否认自己的内心需求。但也因为故事上的冲突,威尔必须痛苦地调整自我观念,暴露出内心深处的恐惧,才能在两个互相竞争的环境中,由被压制的价值观念中自我释放出来。像这类自我启示最明显的例子,出现在 L. 弗兰克·鲍姆(L. Frank Baum)所写的一流电影故事《绿野仙踪》(*The Wizard of Oz*)中,桃乐丝(Dorothy)就曾自白:"……如果我曾在搜寻内心需求,那我的眼光就显得短浅。但假如这需求真的不存在的话,那我就真的不知道如何开始了。"

4.3 认知失调的理论

有一个很有用的辅助理论,就是由莱昂·费斯廷格(Leon Festinger)所倡导的**认知失调理论**(Theory of Cognitive Dissonance),可以借由心理学层面启发角色的自我观念。认知失调的理论,复杂到无法在此做详细讨论,但费斯廷格曾极清楚地解释:当一个人在面对自身或是外部环境,于知识上(认知上)出现的两个或多个互相矛盾的情形时,一定会有不愉快(失调)的感受出现。记得角色是会有动作的,也就是说,他们会做出决定。由于认知失调具备的潜在力量,他们的选择可以是极戏剧性的,这也就是**自我怀疑**

(self-doubt)。

假如你曾经在两个差不多相同的东西间,难以做出购买选择的决定,你可能就已具有了认知失调的经验。让我们假设你正准备去买一辆车,可以买得起福特或雪佛兰,每辆都是两万美金,配备也可说完全相同。先不论各种车在宣传上的夸大,若这两辆车在各个方面均可谓不分高下,但你却只能买一辆。最后,经过众多令人烦恼的思考,你还是决定买下福特的车,并付了订金。这时认知失调的理论就认为,你会立刻怀疑你所做的决定。在缺乏其他信息的情形下,你还会希望你买的是雪佛兰。

另外,认知失调的理论也认为,人类会主动回避可能会引起失调的情况或信息。像前面,史丹利是个害羞的会计师,并不会马上冲到隔壁的大门口前,想要徒手掐死那只吠叫的狗;这念头也根本不是他会想到的。要真正去动手几乎是不可能的事,除非有着迫切的认知,才有可能让这行动成真。也许是面对着"可能丢掉工作"的想法,衍生出来了压倒性自我观念,或是从内心中产生出了极少极少的冒险精神,史丹利才有可能去真正面对那只狗。不过史丹利刻意闪避了自己的决定。或许会计师和狗之间的手和牙齿之战,是史丹利实在无法调整以接受适应的,所以他才把冒险的方向转移到狗主人之上。不过编剧在史丹利害羞的生涯中给了他一个大转变,一个刺激诱因让他的这一天和往常完全不一样了。虽然躲过了尖牙利齿的犬科动物,但史丹利却陷入了"一个穿着单薄的美女"这个难题之中,而且即将颠覆他所有自我观念上的认知!

在这里,让我们把故事再往前推一点点。史丹利和苏西陷入热恋中。他们去露天市场买东西,骑双人脚踏车,在动物园中丢食物喂动物。只不过观众很明显会了解,这两个人其实都各有打算。

怎么会这样呢?身为观众的我们看到史丹利和苏西在一起,也会觉得满意,但我们还是会察觉到这些角色沉浸其中、无暇顾及的事情。这对情人目前显然并不是对方的真命天子/真命天女,因为他们的自我观念是如此强烈并且从根本上是不同的。所以,要他们最后幸福的生活在一起是完全不可能的。即使角色们不了解,但观众仍是会知道,这两位主角真正要相守之前,有些转变必然即将发生。

事情来了。可能某天在海边以慢动作跑过沙滩之后，他们就想到了一些和自我观念有所抵触的事。此时史丹利有些紧张：**我是个会计师，我喜欢古典音乐，怎么会跟这个喜欢猫王歌曲的女生在一起？**苏西也一样，她的自我观念会使她趾高气扬地认为，不认同猫王出演的电影《脂粉猫王》（*Jailhouse Rock*, 1957）是最好看电影的人，就是个讨厌的人。于是，很可惜，男孩和女孩从此离开了对方。

大多数的恋人都会要求对方去了解他们的内心需求、自我观念完全改变至与另外一个人相似之后，才有可能继续这段爱情。只有经过这种在自我观念上的共同一致化的发展过程，才能使这故事在最后满足观众。角色们必须克服许多障碍，才有可能投入对方的怀抱。事实上，每一个爱情故事的角色虽然不同，却都是遵照着这一般格式来进行。角色的自我观念一直都存在，但编剧会刻意忽略这个基本事实，利用危险因素编造出令人紧张、不满意的故事来。

4.4 冲突的焦点

让角色的内心需求被启发的主因——也就是对抗自我观念——当然是戏剧的外来冲突。自我观念被完整地保护着，而且角色也不会轻易加以改变。在认知失调理论中提到，**人类会主动回避可能会引起失调的情况或信息**。换句话说，由刺激诱因所爆发出来的强大势力，会强迫角色去做出可能违背自己自我观念的决定。

广泛地说，有五种类型的戏剧冲突，可以为角色及周遭环境带来戏剧化的改变，分别是：个人自身的（intrapersonal）、人与人之间的（interpersonal）、意外情况的（situational）、社会的（social），以及利益相关的（relational）冲突焦点。

个人自身的冲突焦点

个人自身的冲突焦点，就是主角深陷于自我怀疑之中。这类"绝望的漫长路程"式的影片，有着最不明显的戏剧冲突焦点，因为当角色真的烦恼、苦闷时，真正的冲突却是深锁在心中，也就是非影像化的。主角可能只是坐在那里并感到痛苦，但身为观众的我们却看不到什么。像这类型的影片，例如《潮浪王子》(*The Prince of Tides*, 1991)，是改编自高度内心化的小说（highly interior novel），也通常会需要类似旁白（voice-over）说明的恼人文学补充，加上冗长的过去事件回溯，才有可能使这戏剧冲突变得鲜明。

人与人之间的冲突焦点

此点比较戏剧化，因为角色的内在不安会表现在他人之上，而且通常会是极亲近的亲友。像这类型的戏剧，表现情绪上的混乱，但通常较少被拍成电影，反而在舞台剧剧本上较多。像《一切从心开始》(*Marvin's Room*, 1996)、《凡夫俗子》、《母女情深》(*Terms of Endearment*, 1983)，甚至连《为黛西小姐开车》(*Driving Miss Daisy*, 1989)，都是这类一厅式（one-room）的戏剧。角色会突然陷入紧急且讨人厌的工作，或是遭遇突然的疾病、婚礼，或是被迫与家庭成员再和好等等。角色会就自己情绪上的纠葛反复探究，直到处理解决了矛盾双方的长久冲突为止。

意外情况的冲突焦点

这种冲突焦点着重于对抗大自然的力量。像电影《大地震》(*Earthquake*, 1974)、《火烧摩天楼》(*The Towering Inferno*, 1974)、《活火熔城》(*Volcano*, 1997)以及《龙卷风》(*Twister*, 1996)皆是如此。表面上这些电影都是有关主角能否在龙卷风或大地震等灾难中顺利逃生，不过你要知道，燃烧中的大楼、地震、龙卷风，都是没有自我意识的，它们只是做大自然该做的事，完全没有敌对的意味，同时也不会知道对主角有什么影响。这类冲突的结束，就是很单纯的"有"或"没有"——主角存活了，或没有活下来。也许主角为了存活，在身体上必须更具强度和灵敏度，但他们的自我观念并没有受到严苛的挑战。不论是主角还是周遭环境，都没有太受这灾难故事的影响，反而是人与人之间的冲突，才会在意外情况的危机中带出真正的戏剧性。例如《龙卷风》的真正核心故事情节，在于男女主角间的关系。虽然有着令人吃惊的视觉效果呈现，但出现的龙卷风并没有带来实质的戏剧冲击，只不过是个外来情况，让一对原本陷入危机的恋人再重新聚合，完成他们未了的情缘。

意外情况的冲突、所带来的麻烦，不只限定在动作冒险影片之上。在由梅尔文·弗兰克（Melvin Frank）和诺曼·巴拿马（Norman Panama）所写的喜剧影片《燕雀香巢》（*Mr. Blandings Builds His Dream House*，1948）中，加里·格兰特和玛娜·洛伊（Myrna Loy）分别饰演的角色吉姆和缪丽尔——布兰丁斯夫妇（Jim & Muriel Blandings），决定要由拥挤的曼哈顿公寓，搬迁到康涅狄格州一间有百年历史的农庄。布兰丁斯夫妇的梦幻房屋，到最后却成了令人痛苦的笑料，他们花了大开销重建，在修理过程中却充满梦魇。

显然，这部影片的显性外部目标，是布兰丁斯夫妇要克服所有施工上的障碍，并完成他们的梦想之屋。但是伴随着这目标而出现的施工困难，也造成了差不多同样的事件一而再、再而三的发生。说实话，去掘一口新井的问题，和由淹水的地下室中抽水出来，其实都是相同的问题。类似由燃烧中的摩天楼和火山熔岩中逃离出来，这种"有"或"没有"的事件，很快就会失去戏剧价值。布兰丁斯夫妇的房子也和龙卷风及火山一样，缺少了任何有其自我意识的决定。解决这些问题的古怪行动可能很好玩而且很刺激，但也都不是**戏剧性的**。

其实，每个曾经整修过房子的人都可证明，这种压力，以及可能对婚姻带来的极大的紧张性，才是这个故事真正的戏剧冲突。布兰丁斯夫妇婚姻的支柱，也就像他们所整修的房子一样，需要有更多的维护保养。戏剧上的真正目标是表现二人间的猜忌，而这最终也由吉姆和缪丽尔予以修复。观众直觉地认为，这个目标才是故事真正的、更实在的外部目标。另外，本片还包含吉姆在曼哈顿广告公司而产生的第三个冲突；最好是去看看这部电影，了解他如何解决这个问题。

社会上的冲突焦点

此点发生在个人和群体之间。通常这类型的戏剧都是有关文化上或是政治上、社会上的冲突，就像《全金属外壳》（*Full Metal Jacket*，1987）、《杀戮战场》（*The Killing Fields*，1984）和《邻家少年杀人事件》（*Boyz N the Hood*,

1991)。社会上的戏剧冲突的出现,是由于政治、社会、文化上的态度非常的杂乱,以至于主角根本无法对抗,更不可能有任何的自我启示。社会上的冲突戏剧也通常需要一个具体化的对手,来代表群体的价值观。在《邻家少年杀人事件》中,有个时时存在的帮派恶棍,不时在附近游走。主角会有机会逃离,但必须内心相当的坚强,才能克服诱惑。在由戈斯塔瓦·哈斯福德(Gustav Hasford)、迈克尔·赫尔(Michael Herr)以及斯坦利·库布里克(Stanley Kubrick)所编写的《全金属外壳》中,当主角"小丑"(Joker)必须在极近距离给受伤的女越共狙击手致命一枪时,冲突就将他变成令人毛骨悚然的一个人。在"小丑"终结了女狙击手的性命之后,另外一名海军陆战队的队员做了评论:"狠心!你真的是狠心!"

利益相关的冲突焦点

这种冲突焦点是最普遍,也是最容易令人相信的一种——为了一个共同且唯一的目标,直接面对对手。为了达到外部目标,主角被迫要有主动的自我启示。在由尤里乌斯(Julius)、菲利普·艾普斯坦(Philip Epstein)以及霍华德·科克(Howard Koch)所共同创作的《卡萨布兰卡》电影剧本中,里克对伊尔莎的爱意,以及他对自由的忠诚度,直接受到斯特拉瑟少校的考验。里克没有办法去对抗纳粹政权,但他可以采取些微的行动来争取自由。然而,为了如此,他需要作出极大的自我牺牲,并且对抗使自己变得漠然局外、利己至上、如此犬儒的过去,于是便有了一段著名的对白:"我并非优秀得像个贵族,但也不难看出这三个人为这个疯狂世界所带来的麻烦!"

在另外类型的电影——如《终结者2》里面,"好的"和"坏的"终结者之间的冲突,也迫使这个机器人要有自我认知,并说出:"我现在知道你为什么会哭了,这是我永远没办法做到的事。"不论你的故事有怎么样的冲突焦点,外在的反对力量都会强迫主角去面对人生中的明显改变,这也是观众可以自我学习的。由戏剧中带出清晰的观察力,同时让这经验变得令人满意。不过并不是要编剧由现在开始对观众说教,最大的酷刑,大概就是将一部电影拍得像上课的教材。我们进到电影院是为了娱乐,不是为了接受宣传教化；而且不论有意愿还是无意愿，我们也会期待受到某种程度上的启发（enlightened）。这也就是戏剧所带来的经验，借由经验上的分享，让这世界变得更可令人了解。

4.5 主角要什么？

刺激诱因为主角建立了外部目标，也就是使主角深信，目标达成后可以让生活更加美好。外部目标有可能是金钱、爱情、拯救小孩生命、救了某人、解决复杂关系，或是任何主角深信一定要达成的使命。

不论外部目标是什么，都必须经过两方面的测试。

外部目标必须得到观众的认同

如果观众不清楚角色在演什么，就会完全迷失。观众倒不一定要同意外部目标是有价值的，但一定要知道角色的目标在哪里。举例来说，在《雨人》中，查理的外部目标是要得到金钱——这样才能拯救自己的事业。但他选择要钱的方法时，却选取了绑架自己的哥哥并勒索赎金的方式。观众真正的认知，会认为他的目标不是值得赞扬的，但却也对他抱以相当的理解；同时，若没有要钱这个目标，之后的故事也不会发生。

在观众认同角色的情况下，外部目标必须和观众有所关联

成为问题的事件，必须是观众能感觉得到的。观众会了解，如果主角无法达成目标，就会失去很多。换句话说，观众也必须感受到主角现在正遭受威胁；而这威胁倒不必是性命交关的——或许是主角对现况生活或这个世界的运行感到怀疑，或许是主角对正义观念的认知正受到威胁。不论这威胁是什么，都必须连接到观众所认同的主角困境上。在由乔纳森·莫斯托（Jonathan Mostow）和萨姆·蒙哥马利（Sam Montgomery）所写的剧本《悍将奇兵》（*Breakdown*, 1997）中，科特·罗素（Kurt Russell）所饰演的角色杰夫·泰勒（Jeff Taylor），在驾车横越美国时，妻子却神秘地离奇失踪。后来事情渐渐地明朗，原来她是被一群残忍的坏人所绑架。当然观众可以确知

杰夫·泰勒在电影中的困境，但更明显的是，泰勒的故事其实也是他们内心的噩梦。观众会更陷入故事之中，因为大多数人都怀有事情可能会发生在他们身上的忧虑感。

涂鸦作业

❏ 你主要角色的特定外部目标是什么？

❏ 这一开始的外部目标，会被不同的外部目标所取代吗（不是内在需求）？

❏ 外部目标如何得到观众的确实认同？

❏ 外部目标和观众有何相关？如果主角没办法达成目标，观众会有什么损失？

4.6 基本需求层次理论

还有另外一个心理学上的观念,在决定主角外部目标时,可能会很有用,那就是亚伯拉罕·马斯洛(Abraham Maslow)的"基本需求层次理论"(hierarchy of basic needs)。马斯洛的理论认为人类会为几个特定的对象而努力,而且也会以特定的顺序或层次来依次保全这些东西。马斯洛也认为,如果没有真正满足最低层次的需求,也就不可能往另一个层级走去。这情形的确会发生,也有着许多电影或是类型电影,角色的外在需求,就可以用马斯洛的需求层次理论来加以说明。

生理上的需求(physiological needs)

食物、水、空气、住所、性爱——这些对象没了,人可能就无法存活。除了一些真正对抗大自然后才能存活的影片之外,通常影片比较不会把生理上的需求当作主要的外部目标。在讨论意外情况的冲突焦点时,存活的议题是一定可以得到观众认同的,但并不像发生在人类利益相关问题上的存活问题那么戏剧化。比较有可能的例外,就是主角把金钱当成主要的生理需求,因为对大多数人来说,金钱也是存活下来的必需品。但是,出现在电影中的金钱数目,却往往远超过实际真正需要的金额。

安全上的需求(safety needs)

安全、稳定、次序、保护,以及远离恐惧和危险的自由。很明显的,有极多的影片,都把安全问题当成主要的外部目标。在惊悚影片中,就需要主角变得更强而有力,才有办法解救自己的生命。对所有外部目标来说,安全上的需求最容易被观众认同。记得,电影是一种玩弄情绪的媒体,恐惧这情绪就可快速地狠狠抓住观众注意。

社交上的需求(social needs)

包含爱情、接受、归属感。探讨个人之内自我斗争的和人与人之间的关系的戏剧,也包含喜剧和永远幸福快乐的梦幻剧,都是把爱情和归属感当成主要的外部目标。这些故事里的角色,都希望得到其他角色的接受,才能再存活下去。

尊重上的需求(ego needs)

即尊重、名誉、自尊、地位。类似由迈克尔·曼(Michael Mann)所写的电影《盗火线》(*Heat*, 1995),许多动作影片都着力于角色自我冲突,或是自我倾向上的冲击。这电影中有一个段落,内行的小偷尼尔(Neil),就向专门的警察文森特(Vincent)放话说:"我尽我全力,我先拿下优势。你也可尽你的全力,来抓像我这样的人。"这就是他们生活方式的总结论,他们也都同意,两个人都不知道该再采取什么样的行动。

大部分的喜剧也或多或少是有关于主角如何实现功成名就的。巴斯特·基顿(Buster Keaton)的《将军号》(*The General*, 1926)中,一个火车技工笨手笨脚地成为难以置信的战争英雄。拉里·吉尔巴特(Larry Gelbart)和默里·希斯盖尔(Murray Schisgal)写的《窈窕淑男》(*Tootsie*, 1982)中,原本极为失败的演员迈克尔却以成功地扮演冒牌老妇人,来满足自己的自我需求。

然而,也有一些人与人之间的戏剧,会把尊重的心情放进抽象的价值观里面去,如伍迪·艾伦(Woody Allen)的《罪与愆》(*Crimes and Misdemeanors*, 1989)和彼得·谢弗(Peter Shaffer)的《莫扎特传》(*Amadeus*, 1984)。当萨里埃利(Salieri)向上帝发出责备时,说道:"给了我期望,却又变得令人哑口无言。为什么?可以告诉我吗?如果不希望让我用音乐来侍奉他,为什么又把这愿望植入我心中?你是我的欲念,但却又否定我的才华?"

自我实现的需求(self-actualization needs)

如创造力、自我表现、个人成就等。这些影片多表现直接关涉对周遭大环境的奉献,或是寻求类似正直、完善(integrity)等个人特质。如果以外部目标来说,自我实现或许是最难以用戏剧方式来表达的,因为大部分的行动都发生在主角心中,也因此主角往往需要有个功能上的(functional)的对手,观众才能明了主角的内心世界。蒂姆·罗宾斯(Tim Robbins)改编自海伦·普瑞金修女(Sister Helen Prejean)亲身经历的作品《死囚漫步》(*Dean*

Man Walking,1995)中,主角马修·蓬斯莱(Matthew Poncelet)就很鲁莽地把自己和耶稣比较。普瑞金夸张地写道:"才不会像你。耶稣以他的爱改变了世界;当那两个孩子被谋杀时,你却只是袖手旁观!"

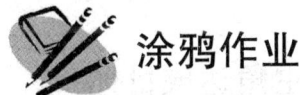 **涂鸦作业**

❏ 利用基本需求层次理论做导引，设想在电影故事中，主角的生活中，失去了什么一定要达成的事项？

❏ 角色在设法求得外部目标之前，有没有什么首要目标要先完成的？也就是说，观众会不会察觉到主角在家庭求得温饱都有问题的情形下，却想去争取荣耀的不合理情况？

4.7 什么力量阻止主角达成目标?

主角,也就是被迫要面对对手的主要人物。如果主角不尽力去得到他想得到的,那么对手的力量就会逼迫主角去采取行动。这就表示,你必须去询问主角和对手同样的问题。两者之间唯一的区别,在于主角与对手间有着无法妥协的精神理念;换句话说,也就是对手有着截然不同的自我观念。

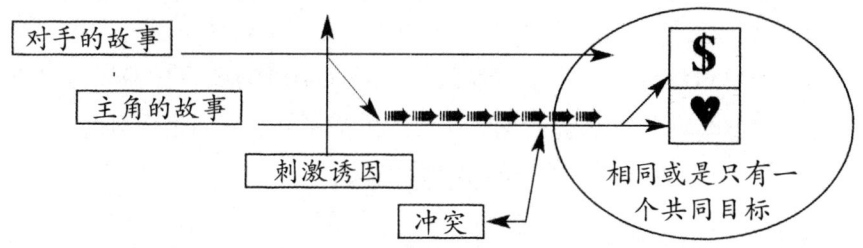

要设想一下,当主角进到这故事的时候,事实上对手早就已做好了计划。

因为刺激诱因的存在,所以主角就挤入对手的故事中,干扰对手的计划,迫使对手要转移能量来设法击退主角,也因此创造出戏剧上的冲突,也就是故事中的明显转变。

无法妥协的精神理念,常见于动作冒险、侦探、惊悚,甚至是喜剧片中。《独立日》(*Independence Day*, 1996)是由迪安·德夫林(Dean Devlin)和罗兰·艾默里奇(Roland Emmerich)所编写的故事,入侵的外星人很清楚地陈述,它们要地球上的人种全部灭绝,而且为了达成这目标,也进行了可怕的攻击行动。如果不是幸存人口众志成城、资源整合,地球就可能已归外星人所有,因此地球人类也被迫去达成他们的目标,去做在故事一开始时认为做不到的事。

在爱情故事和许多表现人与人之间关系的戏剧中,对手有可能不是那么容易确认,因为这反对力量并不全然是邪恶的。更恰当地说,对手就是个人与人之间关联性的故事,防卫由主角带来不同自我观念上的胁迫。

对手有可能是另外一个爱人、陷入纠葛的姊妹,或是像《凡夫俗子》中的主角母亲。在许多案例中,对手若并不是具有人格特质上的污点,就往往代表着和主角目标对立的世俗观点。在由本·阿弗莱克(Ben Affleck)和马特·达蒙(Matt Damon)所撰写的《心灵捕手》中,兰波教授就深信他内心中完全为威尔未来应有的幸福着想,而且从他的观点来看,他为这位年轻天才设定的目标,是完全正确的。"不要让他受到感染产生可以放弃掉的想法,可以当个失败者吗?当然不行!"

 **涂鸦作业**

这些电影中，对手是谁？

❏ 《沉默的羔羊》(*The Silence of the Lambs*, 1991)？

❏ 《泰坦尼克号》(*Titanic*, 1997)？

❏ 《钢琴课》(*The Piano*, 1993)？

电影《大审判》中，保罗·纽曼所扮演的弗兰克·加尔文，和由詹姆斯·梅森（James Mason）所饰演的爱德华·康坎农（Edward Concannon），在法庭中是对立的角色。康坎农并不邪恶，他所陈述的目标就是要"打赢这场官司"，和弗兰克·加尔文有着完全相同的目标。在这样的争议上，爱德华·康坎农正好和主角对立，而且也不只是个对手，还是个强而有力的对手。以爱德华·康坎农的观点来看《大审判》这个故事，几乎没什么特别，尤其是把弗兰克·加尔文当成对立对手。弗兰克·加尔文是个落魄潦倒、酗酒、一文不名正准备打最后一场官司的失败律师。康坎农则是个受重视的法律事务所老板，且有着丰富的资产。

不论对手是明显地邪恶，还是只是主角的敌对力量，通常会比主角更有力、拥有更多资源。不过假如没有事件出现，主角在达成目标过程中没有了敌对力量，也就没有戏剧冲突，当然也就没有故事可说。如果主角太容易达成目标，那就没有任何人或任何大环境会有所变化。

 **涂鸦作业**

❏ 在你的剧本中,对手的外部目标是什么?

❏ 在你的剧本中,对手是否达成了目标,结果会是如何?

❏ 在你的剧本中,对手的精神理念是什么?换句话说,他的价值观是什么?

❏ 在你的剧本中,对手的价值观和主角的价值观有何对立之处?

❏ 在你的剧本中,对手的价值观和你曾告诉观众的故事内容中的价值观,有何对立?

4.8 探索角色的实用技巧

唯一可勾勒出角色的有效方法，就是去聆听(listen)。让你自己成为和你的角色间的沟通管道，如果你允许的话，他们会透过你来和你说话。

最有效的聆听技巧，就是去写出你的角色研究。"写"在这里并不代表组合(compose)，而是不受限地去写。也就是说，把你的手指放在键盘上，然后先等一下，再聆听。聆听后再等一下。很快，你的角色就会开始说话，讲出故事，叙述起个人的历史。当一切都开始之后，就开始打字，直到角色没话说了再停止。有时你差不多可以打上 30 到 60 页之多的草稿。

也有可能这些草稿完全不会用在你的剧本上，但要记得，这应该不是你要聆听的。你要听的是角色的声音，先放下你先入为主的观念，让角色以自己的声音说话。用这种方式带出角色，并没有绝对的对错，过程中也只有你会读到。但事实上，当你结束之后，对这角色研究最该做的事，是把它放进抽屉中，并全部把它忘掉！

其实要写角色研究，有两个惯例。

要使用现在式(present tense)

我们在读小说或短文时，习惯都使用过去式；但剧本故事的发生时间是现在，所以要使用现在式。用现在式写下你的角色研究，可以帮助你的角色来做，而不是来想或是来感觉。要谨记戏剧就是冲突，角色是有动作的。

要使用主动语态(active voice)

绝对不要说"透过窗户有树可以被看到"，而应该是"窗户外面有树"。这方法可以帮助你在写剧本时，把对动作的描述变得更鲜活且有动感。

涂鸦作业

❏ 用现在式、主动语态,写 2—4 页的描述,讨论你主要角色生活空间的物体,让你的角色通过这些物体来跟你交流。这些物体代表什么价值?

❏ 用现在式、主动语态,写 2—4 页的描述,把你的主角由过去的某处带领到故事的起始点来。你的主角在来到故事之前,曾做过什么事?

❏ 用现在式、主动语态,写 2—4 页的描述,讨论对手生活空间的物体。让角色透过这些物体来告诉你,用什么方法得到的?这些物体代表什么价值?

❏ 用现在式、主动语态,写 2—4 页的描述,把对手由过去的某处带领到故事开始的点来。在来到故事之前,对手曾做过什么事?

还有一个启发角色的训练，可能你会愿意尝试。先去寻找一个愿意和你合作角色探索的好友，再把你的好友当成一块黏土。这块黏土不能发问，不能思考，也不了解任何刺激动机。这块黏土只能做你指导的肢体动作，你的任务就是要指导这块黏土（你的好友）去走、坐、站，像你的角色般移动。要记得，你不能带出刺激动机，而只能有肢体上的描述。如此便能创造出你主角的鲜活雕像。

像这种类似雕像的训练，重点并不在于要把肢体描述放进剧本中。事实上，你不应该具体地描述你的角色，而应该抽象化地叙述。这个训练的目的，是想要让你透过不同的方式，来接近你的角色。你会惊异学到了在角色上你所不知道的事，而且可能曾经误用了以往你认为已经知道的事。

现在你可以感觉到你角色的自我观念、价值观、行动。在未来两天，有机会的话，让你自己过一过角色的生活。试着以该角色的感觉去买东西，或是去健身房。如果有人说你的动作很奇怪，记得，你就告诉他你是个剧作家。

Chapter 5
银幕故事脉络

SCREEN CONTEXT

> 剧作家所操控的不仅是情节和角色。他们创造出实际存在的环境,以及精神上的特殊情境,然后把故事定位于可信赖的体系之中。
>
> ——尼克·特拉蒙塔内(Nick Tramontane)

好极了,现在我们有了剧本结构了!这些结构来自必要的戏剧基础,然后借由角色接合。让我们把推论略微延伸,来完成整个戏剧。一个剧本,是要适合一个特定的空间环境的,就像是一栋有形的建筑物,会实质存在于它的小区一样;一个剧本,也会创造并反映出它所存在的外在环境。对编剧来说,最不容易下定义的一个层面,就是银幕故事里的脉络(context)的概念。通常编剧所创造的,到后来却并不会有最大的操控力,因为电影创造是一种共同合作的技艺,从摄影师、演员到导演,可能有上百个工作人员会对这部电影的内容有所贡献。然而,编剧是最原始的创作者,如果没有把电影的故事脉络先进行书面化的整理归纳,其他电影工作人员也就没有这个众人赖以连结的共同体(community)。

5.1 可信赖的体系(cosmos of credibility)

当观众进到电影院之后,他们会做一件事,叫做:自愿中止怀疑(willing

suspension of disbelief）。也就是说，观众知道、了解自己将要看到的，不是真实的。而实际上，这也是观众进到戏院的主因。他们想看到比真实世界更合情理的事件，要求在电影两小时的过程中，看到其中的环境是自己认知中我们的世界"应该是"或"希望是"的样子。他们会因银幕事件而发笑、哭泣、愤怒、喜悦，这些事件，也绝对比他们的日常生活要来得更鲜明、更容易理解。他们内心会认为，即将看到的银幕幻影，在动作与情绪表达上会更清晰明了，也会比平常经验更有张力。所以实际上，银幕的世界是超越真实的（hyper-reality）。

超越真实的特质，也就是电影和文学作品及其他形式的戏剧间的明显区别。来自审美观上的区别，会把我们的知觉，调整成想象力和真实的明显划分。

长篇故事和短篇小说，通常是在想象力上最不受限制的传达媒介，因为由白纸黑字所创造出的精神影像是不明确的，不像电影有着特定的、分明的影像。所以，其实电影是无法妥善处理幻想（fantasy）的。不过，电影可以把人们带领到梦幻的领域去，只是一旦我们到了梦幻领域，这领域却又是以具体审美的方式出现。不知你是否曾经被畅销小说所拍成的电影版本弄得心神不宁而感到失望？当然，由小说内容而来，在脑海中所产生的虚幻图案，是极不实在的。你会追忆之前可能吻合的角色、场景影像，但也只不过是含糊的形象连接，许多细节会逸失。但是由小说改编的电影，却为你心目中的影像，制造出了别人想象中的实质画面。在这类改编电影中，你甚至可算出演员衬衫上的纽扣数，然而没有任何电影会跟你脑袋中的多变观念完全一致。要知道，大家的审美观可能是大不相同的。

当然，一部真正优秀的电影或多或少会让我们在这两小时的过程中，完全忘掉外在环境，让我们沉浸在电影超越真实的世界之中。

另一方面，不论场景设计、服装是多么写实，舞台剧也永远不会是真实的。观看舞台表演，就好像透过一道透明的墙壁来看事情一样，这就是人类想要窥视存活在另一处角色生活的欲望，也就是说，不管这出戏是多么的动人，我们的意识会一直审慎且主动地在舞台剧和真实外在环境间，做出区隔。但在电影中，我们会被银幕角色的强烈真实感所感染，同时会受到活生生感觉的角色的影响,从而跟着尖叫、大笑、愉悦,或者是害怕。

换言之,当观众走进电影院之后,自愿中止怀疑,实际上就成了一个约定。观众会向电影工作者默认:"只要你不违背该有的拍摄法则,而且也不逾越可信赖体系的领域,我们都会热诚地沉浸在你们的超越真实的特定世界之中。"

什么是法则?记得编剧就是要为了剧情来压缩时间,并且挑选事件。这就指出了编剧因为建造出特定的、人工制造的故事脉络,而建立出法则。所以必须依故事脉络的存在,而极有技巧地维持住可信赖的体系。不过矛盾的是,一旦观众有了超越真实的体验后,便又会依照他们真正日常生活上的理解,不断地提出质疑。换句话说,编剧应该使用一种特定方法,将超越真实的感觉传达给观众,并使观众绝对没有机会去问道:"为什么这主角不这样做呢……?"

如果观众问起"为什么不这样……?"的问题,却得不到与故事脉络匹配的解答,与电影制作者间的默契约定就被打破,不只违背了可信赖的体系,观众也无法再完全地进入电影的特殊世界之中了。

另外,脆弱的编剧,如何能确认自己设想出的影片故事脉络,不会被后来制作团队中最重要的成员所破坏?基本上是一定没办法保证的,因为作为编剧,从一开始,就是个要注意琐碎事情,又劳动强度高的工匠。记得,你的工作就是要使故事能够运转下去。你必须问自己一些像是观众会问的问题,无数个"如果是?为什么不是?这怎么来的?"这样的疑问,而且最好是在观众可能提问之前,就先去满足他们的疑虑。

涂鸦作业

❏ 在你所读过的小说中,有哪几部改编拍成的电影,最令你失望?这些电影在角色和故事上,怎样破坏了你内心中的想象版本?

❏ 如果你读过这些电影的原著小说,这几部电影有没有符合你内心中的期待?

- 《教父 I & II》(*The Godfather I & II*)
- 《糖衣陷阱》(*The Firm*, 1993)
- 《沉默的羔羊》

❏ 哪些由舞台剧改编拍成的电影是成功的?哪几部令人失望?为什么?

❑ 以你对舞台剧的经验,下面几部电影是否符合你对故事脉络的期待?

- 《为黛西小姐开车》(布鲁斯·贝尔斯福德导演,摩根·弗里曼及杰西卡·坦迪演出)
- 《玻璃动物园》(*The Glass Menagerie*,1987,保罗·纽曼导演,约翰·马尔科维奇及乔安娜·伍德沃德演出)
- 《罗密欧与朱丽叶》(*Romeo and Juliet*,1968,佛朗哥·泽菲雷里导演)
- 《哈姆雷特》(*Hamlet*,肯尼思·布拉纳1996年导演;梅尔·吉布森1990年导演,劳伦斯·奥利弗1948年导演)

5.2 研究与调查

剧本创作出故事脉络,使编剧必须成为这世界上的领导权威。某些案例表示你必须到图书馆去进行研究;某些案例则表示你必须亲身去事发地走一遭,或是访问一些熟悉你要写的故事的人。有可能你该去访问一下当地的警察,这样才能了解他们处理特殊案件的程序。现代社会在互联网上有非常丰富的信息,有无数乐于助人的专家,乐意提供给你许多背景资料。只要稍做调查了解,很快就能得到特定主题需要知道的实用信息。

但还是要知道,你在搜集事实的同时,不要忘记也要搜集感情(feelings)。试着去读一些与你要创作的剧本类型相同的小说,特别是其中的主流代表。如果你想要写私家侦探的故事,就应该去读雷蒙德·钱德勒(Raymond Chandler)、达希尔·哈米特(Dashiell Hammett),以及他们的后继者的书,试着去得到角色语言上的感觉和环境数据。并不是要你去模仿这些作家,而是要你去学习他们创造故事脉络,也试着去住在街道上不同区域,这样才能把你的实际观察带进剧本中。

> 我发现电视真的极富有教育性。每当有人打开了这机器,我就走到另一个房间去念书。
>
> ——格劳乔·马克斯(Groucho Marx)

当然你也要多看和你的故事或内容相近的众多电影。这些电影如何?在故事脉络方面有无任何错误?如果这些电影是成功的,是什么因素造成它们的成功?

现在,在你开始写作之前,拿出所有你搜集到的研究资料——先把它们全部忘掉。把资料放在大信封中,锁到抽屉里去。你的工作并不是去叙述真实纪录片,而是去说一个故事。有些剧作家会醉心于自己的研究,反而被资料所牵制。他们会试着塞入所有绝妙数据,同时将其挤压到所要讲的故事中。吸收你研究上的琐碎小事,并不必太在意。不要令一些事实对你造成过多的影响。

5.3 你要做什么？

老实说，创造故事脉络的下一个步骤，并不像大多数人对这一行的设想，但仍然是创作过程重要的一部分。我把这步骤称为：沙发上的写作（couch writing）。这时候，你该躺在沙发上，或花一些时间漫游在公园中，让你的想象力盘旋起飞，并将你的故事做出奇妙的联结。当然，沙发上的写作也许漫无目的，但也不会毫无方向，同时也不是无所事事的借口。在这个时候，你必须有模糊的逻辑概念，做出和你故事脉络特别相关的联想。假如你只想到如何帮你的亲人买什么样的生日礼物，那也无妨，但务必要把思绪拉回来，沉思于你所要讲的故事。这种自由想象的方式，表示你不是按照事件发生顺序来构想，但是必须把创意加诸于故事的时间、地点，以及任意排列的事件上。听听音乐，看看相片，总之要记下你的想法。当然不会每一件事都出现在你的剧本中，但你也一定感到讶异，有时你的白日梦也会产生出事件、角色以及对白上的小段落，这些都可应用在可信赖的体系上去。

再次强调，你应该让你的角色自己浮现（emerge）出来，而不是去刻意制造他们，你也要让你的故事脉络自己自然地出现，而不是试着去操控使其达成特定的样式。

5.4 构成故事脉络的要素

好像有些矛盾吧！剧本创作可以说是自由形式的想象，但要创造出别人想要读的剧本，做法上似乎又极其不同。好的剧本，其实就是非常特别的努力工作的成果。不只是需要仔细思考漫想，还要有谨慎的结构设计，以及经过仔细构思的文学创作。优秀的剧本创作必须遵照法则，并要有结构。你当然不能只靠沙发上的写作，就拥有好的剧本。你必须利用最不成熟的想法,然后把它转换成一般大众能够了解的内容,给观众一些"东西",让他们满意地离开戏院,并感觉所花的时间和金钱是值得的。

有关于故事脉络的创作,对一部电影来说,是极重要的一部分。不过编剧所创造出来的(剧本),却往往没有对电影作品的最终控制权。这其实就是说,几乎没有办法写下任何确实可以为你的剧本成功地建立故事脉络的圣书出来。在经过提醒后,我们还是要来检视一下,编剧需要留心注意的许多故事脉络要素。

戏剧化的强调(dramatic emphasis)

有什么情绪上的牵念,维系着观众和故事?观众关心的是什么?要使观众乖乖坐在椅子上观看的简单写作方法,就是使观众产生对主角所处情势的情绪认同。简单地说,这情绪上的牵念,也就是观众想要看主角达成外部目标的渴望。例如,可以设想一个惊悚故事,角色的外部目标就是可以活下来。这对观众来说,就是个强而有力的情绪牵念。但是如果有任何偏离戏剧化强调的事件出现,就会减损观众和故事间的相连性。任何太过注重历史真实或是社会评论意见的场景,都会切断观众和主角间的主轴关联性。作为编剧,一定不能忘记为什么观众要来看电影。

物质世界(physical world)

我们在第七章将会提到,并不建议编剧去逐字逐句、巨细靡遗地形容故事的物质世界。事实上,剧本中越少有明确物质环境描述越好。但无论如何,一个编剧也必须陈述物质世界的比喻呈现,更明确的是要合理地表达出地点和设计。借由压缩时间和事件挑选,编剧对故事发生的物质世界就可有所限制,同时也必须注意到观众对这世界的信任问题。当然,如果在电影《理智与情感》(Sense and Sensibility, 1995)中,剧中女演员搭乘地铁进入伦敦,将会是极为荒谬的。许多类似的谬误或许不甚明显,却也经常在电影中出现。并不是说,环境设计和地点一定要百分之百不可变更地在细节呈现上做到完全正确,但是一定不能干扰到观众的信任(confidence)。如果漠视这种情形,就违背了自愿暂时中止怀疑的信任协议,最坏的情形就是可能观众将跳到完全不同的故事脉络上去了。

时间（time）

　　作为编剧，必须注意两大类时间：故事发生表面上按照年代顺序的时间（chronological time），以及故事所发生的时间纪元（encompassing era）。明显的时间流逝，也就是观众察觉整个故事发展的时间。我们在下一章会提到，不同类型的电影，即使是都发生在差不多两小时的实际时间内，但所被知觉的时间长度却都是有差别的。对编剧来说，故事脉络中重要的，是故事的时间纪元。电影通常有着表现时间的技巧，和我们每天所经验、所感受的相差甚远。讽刺的是，故事若是离我们所熟悉的时间和地点越远，编剧的自由度却会越受限，原因在于，建立可信的故事脉络会更困难。重要的是，如果你处理到时间上的省略移除，就必须为观众设想好明确的可遵循的路径；就像科幻故事，便特别不易处理时间的议题。进入到极远的未来，或是极远的太空，就一定要预想到，在社会运作系统和科技上，绝对会与现在有极大的不同。为了让观众能尽快确认，编剧就要极快速地自行建立社会运作系统；科幻电影也不像书面文学作品，可以在特殊行为上做任意解释。观众必须很快地从几个范例中得到了解。换句话说，你来安排未来或是过去时间的故事，并不代表你可以为所欲为。实际上，你可能更受限制，因为观众会极易对身处何处，以及为何身在此处，感到困惑。

　　撰写时，设想你正带领一群小孩，在晚上做一趟横穿森林之旅。不论这些小孩希望这冒险多么刺激，他们都是暂时放弃了家中的舒服和安全，深信你会妥善地照顾他们，而且你也不会让他们在森林里面迷路。

角色的社会思潮（character ethos）

　　我们曾讨论过，角色是戏剧创作上一个重要的要素，同时角色也是故事脉络中的一大功用。这意思是说，角色存在于特定的时间和地点中，他们的态度、行为和价值观，都会由所存在的环境所建立，并产生回响。

　　我们对角色和故事脉络间相互依存最明显的感受，就来自于角色所使用的语言。角色必须装得像在说他们所处时代的语言，但很明显的，这不是一件必然可能做到的事。如果《勇敢的心》中的主角威廉·华莱士（William

Wallace)和其他角色，正确说出 13 世纪时的苏格兰方言，那么现代观众是绝对无法理解的；同样情况，若要他们都说现代的白话文，也会是极度不合时宜的。所以，编剧兰道尔·华莱士（Randall Wallace）只好发展出一套有韵律的语言结构，暗示着历史时间的存在，而不是逐字逐句地去重新复制。

  语言，也就是态度、价值观的表现；在这领域下，故事脉络和角色就会变得更难以管理。某个程度来说，无论演出什么角色，各电影明星几乎都有了特定的行为模式；另一方面，因为商业上的需要，电影业者不得不牺牲正确性的考虑，因此许多电影就不太注重故事脉络和角色间应有的时态反应，结果就会造成在电影中人物说话的语调和态度上有着杂乱的表现。电影《侠盗王子罗宾汉》（*Robin Hood: Prince of Thieves*，1991）中，各个不同角色的扮演者并没有协调一致，结果就是在影片脉络上没有完整性。

  在最佳情况下，编剧必须能够使角色很自然地存在于他们的故事脉络之中，而这些角色的价值观和行为，也都只能由所存在的故事脉络而决定。也就是说，这不是由与影片所表现的时代时间无关的当代精神或行为标准，而强制得来的。

 **涂鸦作业**

写出故事脉络的研究练习,可以发展并确认戏剧化的强调、地点、时间以及角色社会思潮等主要要素。这个故事脉络练习并没有对或错的评判,但要记得,必须遵循两项准则:使用现在式、主动语态。

- ❏ 你的故事最主要的情绪牵念是什么?

- ❏ 你的故事中,观众对地点和环境设计的期待是怎样的?

- ❏ 你如何在戏剧化的时间压缩过程中保持可信度,而且不会使观众违背自愿暂时中止怀疑原则?

- ❏ 你的角色存在于他的故事的时间和环境中,所自然建立出来的一般态度、价值观和行为是怎样的?

Chapter 6
银幕故事类型

SCREEN GENRES

如果没有条理分明的知识，写作上的企图与欲望将会是徒劳无功的。

—— H. G. 威尔斯（H. G. Wells）

6.1 形式上的可能性

类型（genre），原来是个法文字，意义是性别（gender），可用来描述特定形式的戏剧、绘画、文学、电影，以及其他具有特别形式或内容的艺术。我们通常会提到"类型小说"或是"类型电影"，特别是提到史蒂芬·金（Stephen King）的恐怖小说，或是 20 世纪四十年代黑色电影（film noir）的侦探电影时。大多数类型并没有世界通行的定义，但可以用来为独特的表现手法与其他成品做出区别。然而，利用类型的观念来为不同形式的电影做出分类也仍是极有效用的，可以定位出彼此间共有的故事脉络要素。无论如何，仍是要提醒接下来的表格提到了类型的区分，也只是为了讨论目的的需要。不要将各类型的分界，看成坚固的堡垒，而要认识到它的模糊不明显，把它当成半透明的薄纸般。

表 6-1　银幕故事类型关联表

戏剧就是在角色的人生里，在他所处的大环境中，对其明显转变进行的叙事。
增加个人的危难，也就等于增加在社会上的重要性

绝对要存活下来的意愿	个人的痛苦烦恼	许多欧洲的电影；早期英格玛·伯格曼的电影
	人与人之间的冲突	《凡夫俗子》；《亲密关系》；《温柔的怜悯》……
	喜剧	《鸟笼》；《沙漠妖姬》；《一条叫旺达的鱼》……
	美好的故事	《漂亮女人》；《钢琴课》；《理性与情感》；《心灵捕手》；《泰坦尼克号》……
	个人的探索	《烈火战车》；《死囚漫步》；《机智问答》；《性书大亨》……
要存活下来的意愿	侦探	《七宗罪》；《马耳他之鹰》；《唐人街》；《非常嫌疑犯》；《沉默的羔羊》……
	恐怖	《吵闹鬼》；《科学怪人》；《吸血鬼惊情四百年》；《黑色星期五》；《月光光心慌慌》……
	惊悚	《西北偏北》；《三步杀人曲》；《异形》；《悍将奇兵》……
可死亡的意愿	动作—冒险	《勇敢的心》；《空中监狱》；《星球大战》；《纳瓦隆大炮》；《独立日》；所有西部片和战争片……
	抽象的痛苦烦恼	《罪与愆》；《莫扎特传》……

个人的痛苦烦恼（intrapersonal anguish）类型

许多欧洲影片均为这一类型，包括英格玛·伯格曼（Ingmar Bergman）的电影，例如《呼喊与细语》（*Cries and Whispers*, 1972）。

• **戏剧化的强调**：是试着想透过罪恶或想象的罪恶中的赎罪（expiation），来使角色自我启示。剧中不会有太多动作。在这些电影中，存在极大量对话场景，分散在谨慎摄影取景的场景上。但电影会存在大量静态画面，用意是让观众去想象发生在角色中的内心事件。通常会使用文字上的技法，譬如旁白叙述或是倒叙场景，才能进到角色的内心。

• **物质世界**：通常是幽闭的、喧闹的，与发霉的内在世界相对照。许多物体如镜子和窗户，通常都是种象征或是表现象征性的价值观，用意是代

表角色无法用言语表达的、在自我探索上的痛苦烦恼。

- **时间上**：影片跨越的时间会非常短，通常是一个晚上或是一个周末的时长，这也是人生沮丧的尖峰期。
- **角色的社会思潮**：涉及到一些被自我怀疑所困扰的人，并且不屈服于自己精神上的停滞。

人与人之间的冲突（interpersonal conflict）类型

如《凡夫俗子》、《亲密关系》、《温柔的怜悯》（*Tender Mercies*，1983）、《钢木兰》（*Steel Magnolias*，1989）、《一切从心开始》。

- **戏剧化的强调**：在于角色专心于解决或重建关系的热诚。通常会有陷入纠葛的家族成员共同参与，也经常会出现对情绪具较大冲击力的事情，如婚姻、丧葬或是疾病，从而将疏远的家族成员聚集到一起，安排故事人物重新碰触到旧有创伤，最终才解决所有伤痛和误会。
- **物质世界**：习惯上就像箱子般的封闭、有限制，且是逃离不了的。角色会陷入一个可反映出精神困境的环境中。表现人与人之间冲突的电影，通常源自舞台剧，经常采用故事发生在一个房间或大部分行动限于一个房间的素材；电影则努力地把环境加以扩大。然而剧情上必要的表演动作，并不会需要角色离开他们有限的空间；事实上，若在环境上有太多的"空间"，也反而会破坏了人物被迫面对面所带来的张力。如果角色可以逃离冲突，他们一定愿意。若被迫必须在身体上保持某种亲近，他们反而更愿意去为了消除彼此间的差异而努力。
- **时间上**：类似个人内心的冲突戏剧，但时间跨度相当短，通常是一个周末，或是一两天。因为情绪上真正的张力，会迫使角色极快速地去解决冲突。
- **角色的社会思潮**：角色是脆弱的、易受伤的、富有特征性的。电影中的角色，也有可能是和真实生活最接近的。

喜剧（comedy）类型

如《摩登时代》（*Modern Times*，1936）、《将军号》、《育婴奇谭》（*Bringing Up Baby*，1938）、《一笼傻鸟》（*La Cage aux Folles*，1978）、《窈窕淑男》、《尽善尽美》（*As Good as It Gets*，1997）。

- **戏剧化的强调**：在于角色所遭遇到的阻碍、震惊和惊奇。喜剧是有关大人的行为像小孩子，被环境所迷惑并感到为难，但会害怕面对或处理的情况。如果喜剧角色扮演得就是大人样，就先不要去推理出他们的困境或是以合理的方式来加以解释，这样的话也就没有喜剧存在了。在喜剧故事特别是爱情喜剧故事的发展中，角色会由小孩成长至青春期，并设法以更讲道理的方式来处理面对他们莫名其妙的世界，而不全然是采用大人的方法。

- **物质世界**：是不熟悉的、有威胁性的、夸大的，并且充满了难以理解的市俗的、油滑的事物，人物的立足点也是有危险性的，不可信任。整个世界就像是大香蕉皮，在角色的脚下，等着让他跌个倒栽葱。机械装置、运输工具以及社会基准，都会和掌控大环境的聪明人一般，带有胁迫性，且是难以捉摸的。

- **时间上**：会非常短，主要是因为故事上的夸张；也会是紧张且狂热的，但观众也会认知到喜剧的不真实性，通常是不会持久的。当喜剧的角色和情态被带回到真实世界之后，也就是故事该结束的时候了。

- **角色的社会思潮**：和任何戏剧形式比起来，是最开放的，也是最少严厉限制评判的。虚无的（nihilistic）喜剧角色，能够由他们狂闹、放纵的环境中逃脱出来，甚至也可以违背时间和空间的自然法则，然而这对其他不同类型的电影来说，却是打破了故事脉络的规则的。

美好的故事（fairy tale）

如《漂亮女人》（*Pretty Woman*，1990）、《钢琴课》、《理智与情感》、《心灵捕手》、《泰坦尼克号》。

- **戏剧化的强调**：着重于由束缚中解放出来。主角是其他角色的情绪迷恋者，通常故事会发生在一家人之间，他们必须找到释放的方法。

- **物质世界**：是有限制的。可能是一艘要沉的船、乡间小村、未开化的小岛——对角色的情绪或精神上也都是有所限制的。通常会有某种物体或行为，被当作释放（emancipation）的象征意义，如上述影片中的钢琴、结婚礼服，以及舞蹈。

- **时间上**：大部分由角色以及场景所控制。虽然可能会涉及类似船即将沉没的内在时间性,但角色自己会选择做或不做,从而决定时间的长度。
- **角色的社会思潮**：被明显定义为好人和坏人。角色是象征性的,而不是有特征性的。一般都会有个像小仙子般的角色,可以提供逃避现实的秘诀,或是成为主角的搭档。

个人的探索（personal quest）

如《机智问答》(*Quiz Show*, 1994)、《烈火战车》(*Chariots of Fire*, 1981)、《死囚漫步》(*Dead Man Walking*, 1995)、《性书大亨》(*The People v.s. Larry Flynt*, 1996)、《肖申克的救赎》(*The Shawshank Redemption*, 1994)。

- **戏剧化的强调**：着重于角色想要达成正直、诚实等个人特质。这是极难写得好的类型,因为个人特质的观念是极为内在的,因此编剧很容易掉入创作上的陷阱,写成表现个人痛苦的电影。必须要出现一个戏剧化的情况,使主角与其他角色产生情绪上的冲突,并迫使主角采取行动来配合个人探索,所以影片也就不会只是表现角色沮丧地沉思、试着去了解自己的内在需求。
- **物质世界**：类似个人痛苦烦恼的类型,是有些限制性的。然而,个人痛苦烦恼的戏剧,主角可以选择他们的环境;个人探索类型的角色,主角则往往被放置在幽禁的地点,有可能是监狱或医院,或是一个完全被他人所管理、训练的场所,如体育队伍、军队,或是团体机构。
- **时间上**：通常会相当长,有可能绵延好几个月。有可能所被察觉的时间看起来很短暂,这是因为外部目标或独特事件往往需要酝酿,这过程也就完全成为对主角的真正磨炼。
- **角色的社会思潮**：是有关对真实的探究。令人怀疑的道德品质与精神上的坚信不移相对决。主角的意图并不是要去赎罪,而是去发现什么是明显罪恶,什么是决定正直的要素,也同时明了自身缺陷所在。

侦探（detective）类型

如《唐人街》、《马耳他之鹰》、《非常嫌疑犯》(*The Usual Suspects*, 1995)、《七宗罪》(*Seven*, 1995)、《沉默的羔羊》。

- **戏剧化的强调**：着重于平衡状态的恢复。并不是随时在打击所有邪恶之事，也不是有关正义，而是强调区辨正、邪之分。大环境生长出恶性肿瘤，是污染、堕落的文明黑暗面，这些侦探就试着把这些污点、有害物质控制住，以免爆炸扩散至整个社会，污染了所有人。
- **物质世界**：是个充满腐臭和堕落的都市丛林，有关阴暗面的世界还是不知道比较好。
- **时间上**：是模糊的，不论白天、晚上都一样；而且时间被虚幻地遮盖起来，给人的感受就好像喝醉后的恍惚一样。
- **角色的社会思潮**：是有关思考的过程。侦探角色是机警智慧的，但不完全是强健的。如同走在街道阴暗面的骑士，坚持着荣耀的神圣法则；或是在扭曲的环境中，一个寻求真实的人。

恐怖（horror）类型

如《科学怪人》(*Frankenstein*, 1994)、《吸血鬼惊情四百年》(*Dracula*, 1992)、《黑色星期五》(*Friday the 13th*, 2009)、《月光光心慌慌》(*Halloween*, 1978)、《吵闹鬼》(*Poltergeist*, 1982)、《天外魔花》(*Invasion of the Body Snatchers*, 1956)。

- **戏剧化的强调**：着重于表现内心的害怕与恐惧，超自然的怪物对人类遇害者具绝对优势的恐怖力量。
- **物质世界**：是扭曲的，迷宫般的走廊和未知的深处，都可能藏有怪物，也是一个孤立无援的环境。
- **时间上**：会相当短，通常在 24 小时之内。因为观众直觉地认为，没有人可以真正孤立无援太长的时间，也同样因为动作极具张力，所以无法维持太久的时间长度。
- **角色的社会思潮**：是脆弱但资源丰富的一群人，每个人都是主角，可以勇敢去对抗绝对邪恶的非人类怪物或伪装成人形的怪物。

惊悚（thriller）类型

如《秃鹰 72 小时》(*Three Days of the Condor*, 1975)、《西北偏北》、《异形》(*Alien*, 1979)、《悍将奇兵》、《双面女郎》(*Single White Female*, 1982)。

- **戏剧化的强调**：着重于主角存活下来的意愿。会有一场紧张的、情绪上认知是存活还是死亡的争斗，观众借由主角的经验，探究自己内心的恐惧。
- **物质世界**：是孤立无援的，有些类似恐怖类型，迷宫般的走廊和未知的深处，是主角内心恐惧的一种表现主义式的延伸。
- **时间上**：极为短暂，会集中于 24 小时之内。因为如果主角长期孤立无援，故事就变得令人无法相信。
- **角色的社会思潮**：主角无辜地被卷入一个极大的阴谋之中，并且发现，存活下来唯一的方法，就是相信自己、指挥大局，并把腐败全部暴露在阳光下。这也是表现精神上的腐败，把主角陷在绝望的环境中的类型。如果没有主角从中干涉，邪恶的力量就有可能会攻占更大范围的周遭环境。

动作、冒险 (action-adventure) 类型

所有西部片、战争片、警匪片。如《勇敢的心》、《星球大战》(*Star Wars*, 1977)、《独立日》、《纳瓦隆大炮》(*The Guns of Navarone*, 1961)、《空中监狱》(*Con Air*, 1997)、《拯救大兵瑞恩》。

- **戏剧化的强调**：强调角色为某种理念、法则、价值观的实现或是完成对社会的服务、达成社会的福祉，宁愿奉献自己的生命。
- **物质世界**：是个令人振奋 (rousing) 的环境，也就是说，是一个不平凡的、有些被夸大的最超现实的类型的世界。这是个男性的 (masculine) 世界，为主角提供了空间去运筹帷幄，使主角能够以具体行动来捍卫脆弱或受威胁的文明世界。所有的行动都发生在追逐或是严重动乱的情况之中。
- **时间上**：有可能相当长，数星期或数月，然后带领出最后的争斗高潮。
- **角色的社会思潮**：具备高尚道德表现，角色会为了一个理念、法则、社会而有不在乎死亡的想法与觉悟。也有可能与动机相同但精神上有极大差异的对手，为了追寻事实而奋战到最后关头。动作冒险类型的角色会比日常生活中的人们伟大且重要；如果一般人愿意的话，也有可能成为主角。

抽象的痛苦烦恼 (metaphysical anguish) 类型

如《罪与愆》、《莫扎特传》。

- **戏剧化的强调**：着重于主角在灵魂不朽上的冒险赌注。
- **物质世界**：是复杂的，通常都有权势和地位围绕在一旁。
- **时间上**：时间跨度可能会较长，主角会慢慢理解，原来这是一场和上帝的斗争。
- **角色的社会思潮**：有关一位聪敏、资源丰富，但是精神上未经过历练的角色，以自己的自我观念，与自己认为不合理的上帝做对抗。

　　前面所提到的，是非常简单的各种类型描写，如果要仔细研究的话，每个类型都需要一本专著才行。此处所提的，也不是电影评论上的构成概念，但是有助于了解你想要写的剧本。当然，每一类型类别，你都能找到例外或是相反意见，但仍要把上述内容当成普遍的创作趋势走向。未来你会发现这在剧本写作上极有帮助。许多要素很清楚地可以使用在一种以上的类型里，有些则只能限定在特定类型上，没办法和其他类型混合使用。例如在动作冒险类型中存在的主角，在惊悚类型中就起不了作用。虽然这两种类型中，有些强迫力量是可以互换的，但基本上仍是不同的类型。

　　你也会注意到表6-1，是个连续关联表（continuum）。当主角个人危难增加时，就表示对周遭社会的威胁性也跟着增大。对表现个人痛苦烦恼的影片来说，主角和周遭环境可说是几乎没有关联，因为故事探讨的是一个角色的内心运作。人与人之间冲突的故事，周遭环境可能不会超出人物所亲近的家庭。然而，在动作冒险故事中，重要的是大环境的安全，或是文明世界的存在问题；所有可存活的关键，就在于主角有牺牲生命的意愿，直接保护了这个大环境。

涂鸦作业

❑ 你的剧本，适用类型关联表中的哪一类型？

❑ 如果你认为你的剧本不适用于任何一个类型，那么你觉得哪一个类型，能比较恰当地形容你所要写的电影？

❑ 利用所讨论过的故事脉络要素，你对类型下的定义是什么？

❑ 你的新类型故事，何处符合关联表中所提到的，增加个人和社会的危难？

Chapter 7
剧本写作方式

SCREENWRITING STYLE

> 有时候你内心中的一件事,摊开在阳光下,任由他人观看的时候,却又变得非常不一样。
>
> ——小熊维尼(Winnie the Pooh),《小熊维尼的故乡》(*The House at Pooh Corner*),A. A. 米尔恩(A. A. Milne)

没有人会在晚上去读好的剧本,那时即使再优异的剧本,也会像难读的数据文件。除了诗(poetry)之外,剧本比任何形式的文字创作,都更需要阅读者想象力的深入参与。然而事实上,和小说、短文或其他戏剧化的写作比起来,剧本与诗句(verse)有着更多相同之处。好的剧本像诗一般,而不像小说般地描述。他们就像等待音乐出现的有韵律歌词,他们也是叙事性的抒情诗(odes)和史诗(epics)。

在好莱坞,有关剧本最流行的阐述,就是"剧本是蓝图"(the script is the blueprint)。这意思有可能是说,如果没有这好几百页的文字数据,就不可能有更进一步的制作设计。不过在电影拍摄完毕之后,这句话就会改成:剧本也只不过是蓝图(The script is only a blueprint.)。

对一部电影来说,剧本绝对不会只是草稿或大纲。在这里有个出名的(但也有可能是伪造的)有关罗伯特·里斯金(Robert Riskin)的故事,他是《一夜风流》(*It Happened One Night*,1934)以及《约翰·多伊》(*Meet John Doe*,

1941)的编剧。在弗兰克·卡普拉（Frank Capra）导演了许多片子之后，他就极厌烦于类似"卡普拉感觉"这样的富于想象力的传言。有一天里斯金悄悄走进卡普拉的办公室，丢下了120张白纸在导演桌上，并说："弗兰克，把'卡普拉感觉'写在上面！"

不论是真是假，这故事说明了一个基本事实，就是在电影制作的合作团队中，只有编剧是要由无中去生有。也就是说，任何在电影领域中工作的人，都是在说明解释编剧所创造的世界。编剧是一部电影唯一合法的创始者，同时这也代表着编剧对后续的工作人员负有独特的责任。

- 你一定要谨记在心，文字是你这个职业唯一的工具。电影或许是个影像媒体（事实上也绝对不只是影像），但剧本创作是绝对局限于书面文字的写作。你绝对不可能在最后去加贴照片、提供录音，来解释你的意义。所有出现在书面上的内容，就是你的技术和艺术的唯一产品，绝对是这样，不要忘记。

- 你也不会是自己一个人去拍成电影。你不会是导演；但即使你是导演，在拍摄过程中，也可能有许多无法预期的事会发生。这意思就是告诉你，不要试着在纸上去导演这部影片。你要写的是动作、角色、部分场景设置的因果关系，这也是到现在我们一直在讨论的。你绝不要去形容演员站立位置、如何念对白等等的细节，也不必详细地标明哪些段落要加上音乐。简单说来，编剧要写的是影像（images），而不是影片画面（pictures）。编剧也是进行召唤思绪地书写，而不是巨细靡遗地形容一切。

- 你是位工匠（artisan）。你必须提供给将要表现、拍摄你的剧本的人你最忠实的、专业设计出来的作品。

上面最后一个考虑，牵涉到如何以真正独断的观点来安排一部剧本的格式，这对编剧新手而言，通常带有一些威吓的感觉。对于剧本格式，有一个重要观念要谨记在心，就是不论你曾听过或读过什么，其实并没有一个单一的、正确的、非常完美的剧本格式。只要看起来、念起来都像剧本，那么它就是剧本。

为了减轻你的疑虑，还是让我们来了解一下，能建立剧本并能用书面文字来完美陈述电影故事的传统与技法。

7.1 实际目的——导引阅读者的目光

剧本，一般是不容易读的。因为看起来像线路图，又是文字作品，但却是最好的像诗一样的文字形式——有些像十四行诗（sonnet）或是十七音诗（haiku），这些诗歌都遵照着形式和结构上的规则，因此有助于将所叙述的故事概括完整。

许多剧本格式的特性，来自早期已过时的制片厂制度（studio system），编剧必须撰写拍摄剧本（shooting script），它能真正用于控制拍摄预算，并设计出制作进度。随着计算机绘图的产生发展、设备体积日渐缩小、更专业的灯具的出现以及众多顶尖的拍摄技术的成熟，现在，剧本已不再严格要求标示出场景是在室内或室外，而这有可能是 30 或 50 年前所必要的。但是，有许多类似速记式的语言使用，也成为了传统，并且在这一行可谓众所周知。事实上，更深入地了解这些术语，有助于你更简洁、更直截了当地说故事。

只不过事实是，你不开始写，未来也就没有机会写到拍摄剧本，你现在要写的是推销剧本（selling script）。不要把你的剧本的外在呈现，搞得杂乱不堪。没有用的缩写、数字，与说故事无关的任何标示，都应该避免。这也是个测试，每当你试着要在剧本上加入一些修饰的时候，先自问一下，这些修饰确实有助于你说故事吗？能帮助阅读者了解，还是反而造成了干扰？你是否曾经把页面弄得凌乱，还是能够让剧本更容易阅读？

剧本格式的最基本法则就是：让剧本容易读，千万不要让你的阅读者非要努力用功来读不可。事实上根本不需要你的读者辛苦阅读，而是要令他们着迷地沉浸在你的剧本中，就好像电影已放映在银幕之上一般。这也就是在告诉你，不要以许多无意义的修饰来中断故事的流程，也不要出于剧本作者的资格而想要去控制电影未来的呈现。你要操控的是阅读者，不是电影。你必须能让阅读者的目光在你的页面上移动，让他们感觉你的剧本就像角色和动作正在眼前跳动般具说服力。千万不要让阅读者在你的文字间失去方向，更不要让他们去翻回先前的页数，了解这场景如何发展而来，或是去查证一个特定角色是在何时进入故事的。

一定要让你的剧本具有被阅读的吸引力，最起码，一定是要用计算机打字完成并整理打印好的。

- 让你的剧本看起来简洁且专业。页面上要留下一些空白部分，让眼睛更容易阅读。在四周留下边界、经常使用段落，都有助于阅读。
- 使用全白的纸，且单面打印。不要使用有网格线的、彩色的、半透明的、浮雕字样的或是有孔的纸。
- 在你所要提交的正式版本中，不要有任何笔迹或铅笔修正，也不要有修正液的痕迹。
- 不要在纸上画上笑脸、箭头或是备注；更不要试着向阅读者解释特定的句子或单词，必须搬移到别的地方去。
- 一定要再三检查拼字、标点符号、错字，这些都很重要。
- 在页面上加上页码。

> 我绝不会去写镜头内容。也不要写"我们去接近"或是"我们可以看到"，这样做将会极为冒失。剧本格式必须做到的，是要告诉你的阅读者，这场景是白天或晚上，内景或外景。其余的就应像小说——清楚、明确、令人有阅读的兴趣。
>
> ——约翰·米利厄斯（John Milius），《现代启示录》、《燃眉追击》、《黑狮震雄风》等多部电影编剧

你可能不完全同意约翰·米利厄斯对剧本格式的评论，但我接受他主要的观点，也就是剧本应该"清楚、明确、令人有阅读的兴趣"。当然，这个必要条件，也是所有作品应当具备的，不论是商业上、法律上、医学上还学术上的作品。但毫无疑问的，写作多半更是有娱乐方面的作用。

在我们探索复杂的剧本格式前，还是要先了解什么是场景（scene）。场景的实用定义不一，有时比较偏技术上的描述，具体怎么说要视谁来使用这名词而定。例如对一个电影摄影师来说，场景可能是每一个区分于其他画面的摄影机配置，拍摄角度和灯光都必须改变并重新处理。就像两个人

边走边谈的简单场景，也至少有三个摄影机机位配置：A 人物的镜头、B 人物的镜头、A 和 B 两人的镜头。之后，这三条分开的影片，会被剪辑师剪接成一场连续的戏；不过也有可能只是较大场景中一部分的戏而已。在同一意念下，导演处理一场戏，会按照角色间的对白交替切换镜头，或是依据"时机"(moments)甚或是在复杂的动作之中进行场景切换处理。编剧总是在撰写"主要场景"(master scenes)，也就是具有思想和动作连续性的戏剧化情节，而且有可能牵涉到极多的角色，也有可能牵涉到不同的地点。

设想一个简单的主要场景，乔治和马莎正在他们家的客厅中争论不休。这场被安排为——

> 室内　乔治和马莎的家
> 　　乔治和马莎吵闹争论的声音，充满整个房子。

假设我们曾在剧本的开始不久，就知道了乔治和马莎这两个角色，接下来所要知道的是现在的动作。现在设想，在他们争执的过程中，马莎大踏步地走到卧室去，用力关上门，把乔治锁在门外。乔治先是用力敲门，接着走到卧室落地窗外，不过窗也一样是锁着。他只好又回到卧室门口大声吼叫，而这时马莎则把她的衣服丢进行李箱中。

在这场戏里，至少有四个地点：客厅、走廊、卧室以及落地窗外，每个地点都需要有不同的摄影机架设，导演也可能要拍摄两个角色的主观画面，以便在后续剪辑时有较多的选择考虑。但对编剧来说，这就是一个有思想和动作连续性的主要场景。此处也不需标明每一个不同地点是内景还是外景，因为都发生在乔治和马莎的家这个主要地点。再者，你会希望他们的争论是这场戏中戏剧化的主要成分，而不是在描述这场争论的技术上的细节。将这场戏作出确切的可视化的呈现，是导演的责任；而编剧的任务，就是去创造一个充满机智的、极具张力的、尖刻的对话，让演员们表现出他们扮演的角色的激烈愤怒，并且因你的剧本而得到奥斯卡金像奖。

现在，让我们来看一段剧本，它拥有的是非正式的剧本格式，看看编剧们如何述说他们的故事。

剧本格式模板

室内　伊斯兰式后宫　白天

　　有24个宫女躺卧在雪白石膏装饰的大厅中,起起伏伏如海浪一般。其中有的盛装打扮,躺在铺有锦缎的长椅子上,做着白日梦。

　　在另外一边,站立着拥有威武雄壮的巨大身躯的内侍侍卫,他正面无表情地监视着。在他涂油的裸体的半身腰间,悬挂着一把弯刀。

　　法蒂玛是大太太,干枯皱缩的脸庞,就好像干掉的柿子般。突然间她竖起耳朵,仿佛在判断是不是她的主人的脚步声。

　　内侍侍卫打开了门闩,一阵风吹起了宫女的丝绸衣服,所有眼睛都注意到这扇古铜色的大门。

　　国王哈里发快速走进房间,一旁站立着他的许多侍从、侍卫。

　　法蒂玛气喘吁吁地小跑到她丈夫身旁。

法蒂玛

皇上,您怎么这么开心呢?

但哈里发挥挥他的手,要她离开。

哈里发

放轻松,我的小花们。我来看你们,只不过来闻闻你们这些小花苞的香味而已。

(表情冷淡地)

我到晚上才会挑选你们。

谄媚的笑声回荡在整个房间。

哈里发

就像细心的园丁,总希望花园内充满新的嫩芽,所以你们要好好照顾她。

哈里发向走廊外面招招手,接着响起了足踝铃铛的清脆金属声。

一位看起来闷闷不乐的美女,慢慢地走进了这伊斯兰式后宫。

哈里发

(旁白)这就是由南方来的美丽玫瑰。

众宫女间出现了议论纷纷的声音。

> **法蒂玛**
> （眼睛看着她的新情敌）
> 皇上,小心点,每一朵玫瑰,可都是有刺的。
>
> 画面切到(cut to):
>
> 室外　贼窟的野营地　白天
> 　　阿里·赛义德跳上他的白马,坐到镀银的马鞍上。

剧本格式的要素

> 室内　伊斯兰式后宫　白天

　　这是场景描述的一部分,包含有室内、室外,主要用途是简单迅速地确认这场戏发生的地点,而且通常也会提到故事是发生在白天抑或夜晚。

> 　　有24个宫女躺卧在雪白石膏装饰的大厅中,起起伏伏如海浪一般。其中有的盛装打扮,躺在铺有锦缎的长椅上,做着白日梦。

　　这就是紧接而来的动作叙述,更细节地描述场景中的动作,通常会是大且广的画面,把整个场景建立起来。这个动作描述同时介绍出新的角色,也就是这些宫女们。

> 　　在另外一边,站立着拥有威武雄壮的巨大身躯的内侍侍卫,他正面无表情地监视着。在他涂油的裸体的半身腰间,悬挂着一把弯刀。

　　这个范例中,一个新的角色——内侍侍卫被交代出来。他可以被不同的运镜方式介绍出来,有可能给一个他走过后宫的画面,有可能摄影机在水平摇摄(pan)拍摄整个后宫时,会在他身上多停留一会儿。但仔细地去说明这角色是如何被影像化地介绍呈现出来,是不必要的。因为这是导演的责任。唯一重要的是,要如何将角色介绍给阅读者,让读者认识并在后来记得这角色。

> 法蒂玛是大太太,干枯皱缩的脸庞,就好像干掉的柿子般。突然间她竖起耳朵,仿佛在判断是不是她的主人的脚步声。

当一个角色特别重要时,你可能会以一个镜头来加以介绍,有可能是个特写(close-up)。但仍要记得,导演如何带出角色,是导演的决定,编剧所要做的是去影响你的阅读者。一般说来,现今的推销剧本,会避免使用摄影机上的指令,诸如中景(MS, medium shot)、特写,或是"摄影机向右摇摄"等,这些都是后来制作过程再加上去的。记得,你写的剧本,是你设计来实现以画面传达给阅读者故事观念用的,而不是对出现在银幕上的实际摄影画面的描述。

此范例中,大太太以她的排序、姓名而被介绍出来。更重要的,是用一个较抽象化的又比较有特色的动作来形容她,而不是进行身体上的精确叙述。她或许瘦、胖、矮、高,但这并没什么差别,因为她的主要特征就是年纪很大了。

> 内侍侍卫打开了门闩,一阵风吹起了宫女的丝绸衣服,所有眼睛都注意到这扇古铜色的大门。

这里暗示了画面再次呈现场景一开始的状态,可能又回到了全景画面。导演选择如何去做转换,可能在拍摄现场也可能在剪辑室中决定,但剧本中,重要的是,编剧必须告诉阅读者,有新的要素加入了这场戏之中。

> 国王哈里发快速走进房间,一旁站立着他许多侍从、侍卫。

编剧把阅读者的注意力集中到这新的要素上,并很迅速地给予角色名字与动作,因为他是这个戏剧中的重要人物。

> 法蒂玛气喘吁吁地小跑到她丈夫身旁。

法蒂玛现在带出了动作,并跑到她丈夫旁,说出了这场戏的第一句话。

> **法蒂玛**
> 皇上,您怎么这么开心呢?

当角色要说话的时候,他的名字就置于句首,并加上冒号,再接着是所说的话。(此处为英文剧本格式,中文剧本格式如上文。)

> 但哈里发挥舞他的手,要她离开。
> **哈里发**
> 放轻松,我的小花们。我来看你们,只不过来闻闻你们这些小花苞的香味而已。

可以确定的是,哈里发在这时候不一定有某种具体的非如此不可的动作。任何一个好的演员,都会决定适合角色的挥手动作,并决定是呈现轻蔑傲慢的神情,还是面无表情。这个小段落,就是要做到为阅读者带来这场戏的力道,而不是极为详尽地以文字来形容身体上的姿势,好让演员或导演知道。

> (表情冷淡地)
> 我到晚上才会挑选你们。

许多编剧新手,会想在每句对白之中纳入一个插句式的阅读指引,用意是想指导演员如何去说他的对白。不必多说,演员和导演们都会认为作者的干扰是极为冒失的,并且极不高兴。因此,事实上,你所写的场景意图必须非常清楚,不需要任何插句指引来作辅助。只有在一个演员,是对着一大群演员之中的一个人讲话的不明确情形之下,才有必要运用插句来做导引。

> 谄媚的笑声回荡在整个房间。
>
> **哈里发**
> 就像细心的园丁,总希望花园内充满新的嫩芽,
> 所以你们要好好照顾她。
> 哈里发向走廊外面招招手,接着响起了足踝铃
> 铛的清脆金属声。

像这特别的声音"足踝铃铛的清脆金属声"的出现,是暗示有什么严重的状况即将发生,而且对这场戏来说是重要的。一般不明显的声音,不会被视为声音线索,因为那不表示要在注意力上进行任何特定影响改变。举个例子来说,当一个角色独自在家中呆坐时,外在的交通噪音是不重要的。但假如这角色预期有人要前来攻击杀害他,那么外面所传进来的关车门的声音,可能就是个与生死有关的信号了。

> 一位看起来闷闷不乐的美女,慢慢地走进了这伊斯兰式后宫。
>
> **哈里发**
> (旁白)这就是由南方来的美丽玫瑰。

编剧又引入了一位新角色,而且这次还加入了一个新的要素。哈里发是以旁白(V.O., Voice Over)的方式来介绍新角色的。旁白,指的是一个角色在说话、叙述、思考时发出的声音,或是录音带、电话、广播电台等传出的声音能被听见,但发声人不能被看见的情形,也就是说话的动作是在观众所能看到的画面之外的意思。有另一种极为相似的技巧叫做画外音(O.S., Off Screen),用来暗示有重要的事情将要发生,或一个角色即将出现在银幕上,但现在声音发出者处于或事件发生于银幕之外,是想要抓住现在画面上的角色的注意力的方式之一。例如一个发生在银幕之外的爆炸声,会使得角色们在晚餐餐桌上跳起来,冲到外面看看发生了什么事。像这些可引导注意力的声音及对白,用在你的剧本上必须是极为严谨的。这种技巧可能有助于你向阅读者说故事,但也有可能使一些不熟练的读者们感到混

淆。通常是否要使用旁白或是画外音来加强一个场景的戏，会在影片已拍摄完毕后的剪辑阶段才作决定。

> 众宫女间出现了议论纷纷的声音。
>
> **法蒂玛**
> （眼睛看着她的新情敌）
> 皇上，小心点，每一朵玫瑰，可都是有刺的。

现在我们有了个疑问。到底"眼睛看着她的新情敌"，是有助于编剧说故事的评论，还是对演员不必要的指导？在这个范例中，这一动作有助于营造后宫内整体嫉妒与猜忌的感觉，并且可以建立张力，同时延续到下一个主要场景。身为编剧，必须要经常自问，是否真的需要这些书面上的精细做工，才能帮助你说故事并建立故事脉络，还是它们只是自我放任的多余图饰罢了。

画面切到（cut to）：

在各主要场景之间，除了切到、溶到（dissolve to）、淡入（fade to）之外，鲜有需要做出的指示。普遍说来，"切"指的是时间和地点间简单且立即的转变；"溶"指的是较长一段时间的转换，或是情绪上比较大的转变；"淡入"则是用来显示类似好几年的极长时间的改变。实际出现在电影上时，会采用上述不同的手法代表时间和情绪转换，但写在书面文字上，其明显作用就是要协助阅读者知道，故事已由一个主要场景转移到另一个主要场景去了。出于这种原因，开始新的场景之前，必须百分之百确认阅读者的眼睛已认知到这转变。对阅读者来说，最坏的事，莫过于突然发现身处在一个新的主要场景之中，而完全不知道这是何时出现、如何出现的。

> 室外　贼窟的野营地　白天
> 阿里·赛义德跳上他的白马，坐到镀银的马鞍上。

现在剧本移到了一个新的主要场景。该场景发生在白天的室外,一个新的地点,以及一组全新的角色。如果够幸运的话,法蒂玛前面的话,"皇上,小心点,每一朵玫瑰,可都是有刺的"已把张力带到了新场景,观众也可预期有戏剧化的事件即将发生。不过,剩下的就都是编剧的责任了——使事件发生。

 **涂鸦作业**

❏ 除了主角和对手之外,有没有一到两位其他角色,是你说的银幕故事里绝对必要存在的?

❏ 简略地形容 10 到 12 个主要场景,是主角、对手及其他必要角色所出现的戏,同时也是你说故事时必须要纳入的戏份。这应当是一些呈现延续性思维或动作的广阔的场景,通过设置问题和解决冲突的方式来推动故事演进发展。而这由因果关系而得来的许多情节,也是你故事的主干所在。

7.2 美感形式——导引阅读者的感受

如今我们已有了由必要的素材装配起来的"结构建筑",并且也由不可缺少的铆钉和灰泥接合在一起了,同时存在于一个被包围的环境之中,现在我们要做的就是把重点放在这建筑的美感形式或是表现手法之上。

编剧的表现手法,也就是故事脉络在调子上的表现(tonal expression),这也可说是编剧指导阅读者如何去读剧本的方法。在好莱坞编剧界,一个最普遍的抱怨,就是编剧们认为他们的剧本被误读了。原来欢欣愉悦的喜剧被读成了悲剧,抑或热切的社会评论被视为挖苦的讽刺文学。大多数情况下,阅读者只好把这些过失推到编剧身上,而此时编剧就有必要告诉阅读者如何去读剧本。

涂鸦作业

❏ 你的剧本中,最先展现出来的第一场戏是什么?

❏ 你这场戏,怎样给予阅读者如何去读剧本的线索?在第一场戏中,你给了阅读者什么有关于故事的脉络?

7.3 场景叙述——少反而是多

场景可以说故事。如同一些小规模的戏剧,电影中的每一场,也都有着其开端、发展、结尾。同时,也如同大型戏剧中每个场景的功能那样,要把阅读者带到能够引起阅读者最大兴趣的重点所在,但在冲突被完全解决之前,你会需要先离开这个场景。这种持续尚未结束的感觉,会为戏剧带来张力和能量,并一点点将读者带领到真正戏剧性的大结局。

> 室内　小木屋　夜晚
> 玛蒂翻身下床,并走去打开窗户。
>
> 　　　　　　玛蒂
> 闻起来好臭。
>
> 　　　　　　乔治议员
> 那就赶快关起来。
>
> 　　　　　　玛蒂
> 好像有什么东西死掉了。
>
> 　　　　　　乔治议员
> 亲爱的,回到床上来吧!我说你根本不必去烦恼外面的事。
>
> 　　　　　　玛蒂
> 我要出去看看,我要出去看看是什么死掉了。
>
> 玛蒂由窗户爬出去,在月光下捡起身旁的大树枝。
>
> 　　　　　　乔治议员
> 小朋友,回来吧!我可是付过钱的。
>
> 玛蒂走到一排桧树前。乔治议员勉强走下床,在腰部围上一条湿的大毛巾。
>
> 　　　　　　乔治议员
> 真是!

乔治议员笨拙地由窗户爬了出去,他光脚踩在有锋利边缘的落叶上。

        乔治议员
    天啊,我只不过想要点性爱,还要这么耗费体力。

玛蒂站在一棵树下,专心地看着地上一个东西。

        玛蒂
    我发现死掉的东西了!

        乔治议员
    那就把它丢进水里,赶快回来吧!

玛蒂蹲下来,伸手去碰触脚边毛茸茸的东西。它动了一下,玛蒂吓得往后跳去。

        玛蒂
    它没死!

玛蒂弯腰去把它抱起来。

        玛蒂
    你看,是一只小动物。

乔治议员摇摇晃晃地走上前。

        乔治议员
    也不过是只浣熊,你最好在它妈妈出来找它之
    前把它放回去。

玛蒂却把这小动物抱在胸前。

        玛蒂
    才不要,它妈妈把它留在这里自己走了,我看
    也不会再回来了。

        乔治议员
    什么?

        玛蒂
    我知道,如果我把它留下来,它会死掉的。它
    会在这里蜷成一团然后死掉。

> **乔治议员**
> 那你要我怎么办？把它带到我们的床上？
>
> **玛蒂**
> 不，带回我家。我自己要养活它，我是它的新妈妈。
>
> **乔治议员**
> 小朋友，看着我。我已经付钱了，我要得到满足。
>
> **玛蒂**
> 那你把钱拿回去吧！全部拿回去，我只要你把我和它载回市区就好。
>
> **乔治议员**
> 天啊！我大老远跑到这里来，只为了一只动物，我所得到的只是小浣熊！
>
> 画面切到（cut to）：

你剧本中的每一场戏，都必须同时做到以下的两件事：

给阅读者新的信息，从而带出情节发展

每一场戏，都必须提供给观众和故事相关但观众还不知道的事情。并不是说你不能去澄清许多模糊的重点，就像是在神秘的影片中，事件被厘清同时也会带出危难更进一步的发展。

揭露更多有关主角的事件

动也不动的角色是无趣的。记得，戏剧是有关你的主角所做的改变，要去理解角色的内在需求。这改变会逐渐增强，所以，观众对相关角色所做的每一个决定，也必须不断知道更多。

另一方面，场景最不好的一面，就是什么事都没有发生。编剧新手通常极容易沉迷在自己脑中所想象的场景中，那些场景可能是与他们日常生活经验极为接近的情景，使他们错误地相信自己幻想的会和整个戏剧有关。

室内　旅馆房间　白天

马莎坐在一个小旅馆房间里面床的边上,这房间天花板相当高,有张双人床,还有罗兰爱思(Laura Ashley)高级床单、两张摆满东西的椅子、一个大的古董柜、全新的电视一台,而且还有遥控器。玄关是个带有滑门、装有镜子的衣橱,位于最后方的则是浴室。

刮胡子的声音从浴室中传出来,偶尔夹杂着乔治哼歌的声音。

马莎

这里真好,你不觉得吗?

不过没有回音。

马莎

乔治!

乔治的头从浴室中伸了出来,脸上还有刮胡膏。

乔治

你刚刚有说话吗?

乔治把头缩回去,水龙头水流的声音停止。

马莎

我是说这旅馆真不错,你不觉得吗?

乔治再把头伸出来,脸上刮胡膏已经没了,胡子已快刮好。

乔治

是的,这里很不错。

乔治再把头缩回浴室,刮胡子的声音再度出现。马莎坐在床边,往后靠去,打开电视,试着想找出可看的节目。

很明显的,在这场戏中,什么事都没发生。我们并没有从角色对话中知道什么,故事情节也没继续推动发展。并且,我们获得了完全无关紧要的对家具的描写信息,以及刮胡子这种不相关的声音线索。它们或许对编剧有意义,但对任何其他人来说都不具任何重要性。

想要把发生在银幕上的事,逐字写成书面文字,也是编剧的通病。记住,你的技能是要去激起内心想象力(imagery),不是去形容画面。你要建立的,是有重点、有感觉的动作,不是精确地记述所有发生在银幕上的大小事。

> 雪车以高角度飞越天空,冲向房子前方的地上。然后"砰"的一声,它撞到了坚固的地面,撞得粉碎。
> 马莎弹跳起来,脸向下撞进了雪堆之中,积雪埋了她半身高。
> 乔治仍在他的雪车上,修正好方向之后,便向着房子开炮后驶离。
> 马莎从雪堆中爬起来,像湿透的狗般抖了抖身体,然后她看到萨米人的军队站在雪橇和雪板上冲出来。
> 12名士兵跳过马莎头顶上方,冲上前去追乔治;但另有些士兵则撞到了雪中的大石头。
> 马莎把受到惊吓的士兵拖离雪板,把他丢到雪堆中,然后立刻踏上抢来的雪板,快速地冲下山。
> 特里夫上校在直升机上看到了乔治已逃走,于是发射了另一颗飞弹,"咻"的一声,炸断了乔治前方的一座桥。
> 乔治的雪车迅速地改变方向。

导演如何安排这部分场景的表演动作,靠的是编剧自己都还不甚清楚的状况,所以想要逐字写出事件正确段落顺序是没有意义的。编剧反而应该要写出有因果关系的动作,有开端、发展、结尾的一场戏,然后带给阅读者有节奏的感觉。编剧想要在书面文字中建立紧张刺激,而这紧张刺激到后来必须是能在银幕上再建立出来的。

再确定一下,不是每一场戏都令人感到兴奋,但至少要能做到可视化。不可避免地会出现吃饭、电话对谈、开车的场景,也许带有必要的情节和角色信息,但在视觉上并不够戏剧性。在这些场景中,导演和演员必须对想象力负起责任。身为编剧,你提供演员脸部表情和姿势来作为戏剧基础,这些都会成为电影特有的可视化特质。在这种情形下,就不要去提太多的场景布置设计了。

> 室内　乔治和马莎的家
> 　　乔治接起电话。

> **乔治**
> 喂？
>
> **马莎**
> （旁白）你这个大混账！
>
> 交错剪辑（intercutting）乔治和马莎。
>
> **乔治**
> 马莎，你人在哪里？
>
> **马莎**
> 王八蛋，就在你离开我的地方。

此处，编剧并没有侵犯到导演的决策权，而且更重要的是，没有多余不必要的视觉线索，不会使这场戏显得杂乱，而是使之更容易阅读理解。

谈到视觉效果杂乱的问题，许多最难写的场景，却往往是视觉上最显而易见的。性爱场景、打斗与飞车追逐场景，很容易写得太过老套，所以有时会把这场戏留给导演和演员去做即兴演出（improvise）。但无论如何，编剧还是要提供给演员和导演场景的概要，才能维持整部剧本脉络一致。

> **灯塔楼梯**
> 　　缓慢、沉稳的脚步踏上了楼梯，这楼梯沿着石墙盘旋而上。来者穿过敞开的塔楼小门，爬上了铁制的阶梯。
> 　　灯塔里面，阴影中有一双异常的眼睛在窥视着。马莎凶猛地蜷伏在灯塔的最下方。
> 　　乔治从屋顶出入口跳了出来。马莎立刻迎上前去，配合着乔治张开的双手，马莎扑进乔治怀里。马莎猛抓的手指，都陷进乔治的肉里去。
> 　　乔治把马莎推往栏杆。马莎身体的热度，立刻使旁边的玻璃起雾。马莎低沉的呻吟声窜入了外面的暴风雨中，混合着风的怒号声，一起吹袭着灯塔的裂缝。
> 　　这两个热得冒气的身体影子，折射在大海中。
>
> 　　　　　　　　　　　　　　　　　　　　画面溶到（dissolve to）：

当然，后面要有另外必要的说明场景，这故事才有可能也才会令人满意。把场景放在一个视觉有趣的环境中,也立刻要有些琐事发生才行。

你写每一个场景的目的,就是要使某些事发生。你必须更深入角色的世界,并使情节继续延伸。但假如这是编剧工作唯一的目标,那么,认为"编剧只不过是个蓝图"的议论,也就不会离事实太远。我们可以说:"这件事发生了,角色有那样的反应;那件事发生了,角色有这样的反应。"这可能仍是对故事要素的正确使用,但保证最后剧本会变成一份乏味难读的文件,而且完全没有表现手法可言。为了最终画面呈现能有连贯的故事和清晰的来龙去脉,编剧有时也不得已要放弃原本应完成的任务。

在好莱坞,由于导演往往被视为一部电影的作者(author),在这样的优势之下,前面提到的自我放弃也经常发生。不过除了像伍迪·艾伦或科恩兄弟这样的控制电影全局的特殊制作人外,电影也都是来自编剧——那个必须面对白纸,并且可无中生有的人。

涂鸦作业

❏ 写两页没有对白的追逐、打斗或性爱场景,而且要有清楚的开端、发展、结尾。

❏ 写出两页长度的一场戏,没有对白,叙述一对夫妻刚回到他们被入室抢劫的家的那一刻。

7.4 对白——来自内心深处的情绪

编剧新手最常问的问题就是:"我如何写出好的对白?"答案是——先学如何去听。伟大的爱尔兰剧作家约翰·米灵顿·辛格(John Millington Synge),也是《西方世界的花花公子》(*The Playboy of the Western World*)和《海葬》(*Riders to the Sea*)的作者,他花了数年的时间,去聆听爱尔兰农夫们的方言,使用方法包括由地板裂缝偷听厨房女仆们的独特用语。为了他所要写的角色,他训练自己去熟悉这语言的韵律。当然你可能没有好几年的时间,在监狱中、轮船中或太空中去了解使用对白的韵律,但还是要主动自发地努力去听别人的谈话、语法、词汇,以及用来表达自己的韵律结构。

对白有两个功能:让故事继续下去以及凸显角色。通常我们会认为电影是个视觉媒体,但角色是会说话的动物,而且写作不是和画面打交道,而是和文字有关。许多特别类型的电影或实验电影,或是用来录制舞蹈或其他艺术的电影,或许会没有对白;但自从1927年的《爵士歌手》(*The Jazz Singer*)之后,剧情电影就都有了谈话。在日常生活中,谈话也是我们沟通的主要方式,因此并不令人惊讶的是,我们会很自然地期盼电影中的角色和我们有相同的沟通技巧。差别在于,角色说话的技巧,会比我们都好。想想电影史上所有的著名台词,由梅·韦斯特(Mae West)的"为什么你不常来看我?"到阿诺·史瓦辛格的"再见了,宝贝!"(Hasta la vista, Baby.)一个编剧应该让角色在适当的时机,说出正确的话。反过来看,在我们的生活中,大家还常摸索什么才是该说的话,为自己的发音不清、判断不准确、遭遇尴尬难堪或敌意等状况而坐立难安。

7.5 潜台词

另外,够奇怪的是,最无法形容的焦虑,却构成了最佳的对白。也就是说,最好的对白是角色说不出的——就像莎士比亚的名言形容的那样,是"来自内心深处的情绪",存在于所说的话的表面之下,是不易处理的心境。事实上，在每个场景中，即使是传达最单调平凡的解释性的信息，也会蕴藏着角色不想告诉别人的事情，或是角色所害怕的事情。这就是潜藏在内心的恐惧，会给场景带来戏剧上的张力，并提供角色的启发和情节上的发展。角色或许会比真实生活中的我们要更雄辩，但在面对情绪上的风险时，领悟力也是极高的。

潜台词（subtext）的相反层面，就是太过明显的对白，通常会被称为十分正确（on-the-nose）的对白，传达出角色或观众都已熟知的信息。可能是类似"就像我早已经告诉你的……""看，他拿了一把枪！"这种实在不佳的写作——或宽容地说——是试着想去掩饰作者薄弱的引导能力。不过像这类十分正确的对白禁忌，倒有两个例外。在任何主题或类型故事的电影上，常常会听到这两句话："你到底要怎样？""你还好吗？"——即使在写得非常好的剧本中，也可能需要"你到底要怎样？"这句话，因为这句话可以给主角或是对手，一个向阅读者清楚陈述目标的机会。实际上，在电影里，这句话可能会被许多动作所取代，不过在剧本中往往也需要这几个字用来让阅读者知道，为什么角色会做现在所做的事。同样的，"你还好吗？"在各电影中也无法避免。戏剧就是冲突，冲突就会有结束，后来也往往代表损害。所以，不论主角是从飞机上摔下来还是失恋，另外的角色就会在恰当的时候说："你还好吗？"

7.6 能　量

每一场戏都要带给观众新的信息，大部分这样的信息来自对白。但除非是可以建立故事或促进发展的必要解释性信息，其他信息本身是不具有能量的（energetic）。在舞台剧的节目上，最有效的传送信息的方式，可能是给观众提供书面节目纪要。但电影与效率无关，重要的是以主动、有能量的方法来处理故事。在这个要点上，有能量指的是对白应该要精练（lean）。不像日常生活，电影对白都要有结论，避免闲聊，更不要有冗长说教式的长篇大论。当然也有电影工作者是以说教式的教化演讲来带出角色特质，可知这情形也恰恰只是例外。大部分的观众都会想要跟得上故事,这代表在场景一开始就先进入,在快结束时脱离,从一个场景有能量地跳跃到下一个场景去。

但是你如何把能量注入到纯解释性的对白去?方法是,把对白放置在一个未受期待的环境中,利用类似保龄球比赛赛场、飞车追逐程中、卧室相关地点等等环境背景,把这些解释说明信息带引出来。电影利用不同感觉的音乐、音效、画面、对话,可以有效地把信息和情绪带给观众。设想乔治和马莎正在准备即将到来的婚礼喜宴,并在争论哪些家庭成员不能坐在一起——这时有两个小偷潜入了珠宝店,偷走了乔治和马莎的钻石婚戒。这两个小偷不知不觉已触动了无声警铃,赶来处理的警察是马莎的姐夫,之前他还欠了乔治一万元。一些平凡的解释性对白可能发生在厨房料理台上,但由于戏剧化的复杂性可能,也让这场戏变得意味深长。

7.7 预　期

把预期心理加到对白中,会有些风险性。先自问角色面对的冲突是什么?还记得自我观念吗?在这场景中,每一个角色为了什么要去冒险?对每个人而言,什么是重要的?每个人可失去或得到的是什么?

如果你到现在都还很清楚的话,剧本能有好的对白、有丰富的内在含义、有充足的能量和使读者保持适当预期(expection)的秘诀,就是性欲(sex)!要写出好的对白,一定要记得这最佳题材来源。性欲的张力、期待、能量、刺激、领悟、乐趣、危险、满足,可以说就是最佳的电影对白。

当然,按照下面的模式,也可能会有极差的对白出现。

> 后来,乔治体验到一种内在的得意,同时带有骄傲和满足。
>
> **乔治**
> 我一定是第一个,我是你生命中的第一个男人,对不对?
>
> **马莎**
> 是的。

乔治

那你怎么不说呢?

马莎

为什么?这很重要吗?

乔治

当然,我准备要娶你了。

马莎

(觉得脸颊热了起来)

不要开玩笑了。我不是草率地处理我们的爱情的。

乔治

我也不是。

乔治双手伸向马莎,并把她抱紧一点。

马莎

(突然很高兴)

乔治,你多大了?

乔治

二十三岁。

马莎

告诉我你的事。

乔治

就是一般的故事。老爸过世了,老妈住在简陋木屋,家里小孩很多。我长大后还要帮忙抚养他们。

马莎

这就是你成为斗牛士的原因吗?

乔治

谁知道。为什么你决定要当个芭蕾舞者?

 涂鸦作业

- 内容:写两页的男女对话场景。角色可以安排在任何年代、任何年纪、任何时间或地点,但必须以"你到底要怎样?"开始,并以"你还好吗?"做结束。

- 内在含义:重写与上面相同的场景,但在这份修正版本中,除了第一句和最后一句,你都不能用任何代词(pronouns),如我、你、我们、他们、它、这、那、这些等,或者"我们早已做好了"、"这些是他们需要的"或是"给我这个"之类的。

- 风险:再重写相同场景,但这次必须删掉所有否定的陈述,就像不可、不能、不许、不行等。

❑ 能量：录下两个人之间十分钟长的对话。逐字抄写这段对话。你可能会有差不多十页的真实谈话，将这十页内容缩减成两页的对白。

❑ 韵律：从你推崇的剧本，抄写某一段落的对白下来。徒手抄写（不可用打字机或计算机）两页下来，试着去体会角色说话的韵律感觉。

Chapter 8
静下心来：写你的剧本
GETTING DOWN TO IT —WRITING YOUR SCREENPLAY

创作就像个大轮子，它要压碎一些东西才能前进。

——维克多·雨果（Victor Hugo）

写作天分的话题，往往被过于重视了。有些人天生就有说故事的能力，有的人则善于制造笑话，有些人则善于处理角色的议题。

好的写作和直觉有关，但是你也要一直练习才会得到这种直觉。优异的写作，是一直不断地把单词组合放置在一起，直到你完全满意，并把内心的意念传达给读者为止。

大部分的创作，开始于隐约模糊的幻景（mirage）。有可能是一个角色、一个地点、一个场景，或是一个主题的幻想……无论是什么，都有待我们去开发。这个瞬间飞逝的幻想，会在我们脑中跳动，直到我们开始去做某种程度上的调制加以特别注意，然后，我们的大脑会突然地把这幻想转换为尚不严谨没有成形的珍贵想象力（precious vision）。很快地，我们立刻想到整个故事，每件事都干脆利落地出现在适合的方位。真棒，真是完美的剧本！

对许多剧作家来说，很不幸的，这珍贵想象力是写作生涯的开始，也是结束。他们从不会把脑袋中的想象力转化为文字，即使有所尝试，也需要努力使这想象力起作用，但往往就破坏了原有的想法。只要这想法一直只是堆积在脑中，那当然是不能传达给观众的。然而只要你准备把你的想法传达给别人，就必须做出许多艰难的决定——创作这个大轮子，就要极冷酷地去压碎一些东西了。

> **读者来函**
>
> 我有一部绝佳的剧本，而且是新奇又富创意的。我开始去写后就没有人可以写得跟我一样好。但唯一的问题是，要写这么多复杂的场景实在有些困难。

要有前面提到的珍贵想象力，通常指的是必须要有严谨的"沙发上写作"。现在是个艰苦的阶段，因为你的家人和朋友，会埋怨你浪费时间、到处游走、双眼无神，嘴里还喃喃自语。从此你就被认为是个无所事事的大懒人了！当然，应该没有比这情况更接近事实的了。不过，事实上，你是在写作。你正沉浸、想象、激荡于故事的前提论述，这才是你在做的事。不过你要说怎样的故事呢？

假如你极有创作力地使用沙发上写作的时间，应该已准备好要创造出非常重要的剧本大纲（screenplay outline）了。这也是你的"观象草图"（astrolabe draft）。就像古代的机械时钟，会标示出天体形状，剧本大纲也是个可以由开端、发展到结束，带领你穿越那未知的剧本宇宙的最佳器具。宇宙中的星座们，是广阔连连看的点状影像。最亮的星也总是最容易被看见，由这例子，你就要能从连接起来的图像中，创造出具体的形象和新的意义来。

每个编剧都是以自己的方式来创造剧本大纲的，你也要不断尝试，直到找到了最适合你个人习惯的技巧。有些人喜欢用速记卡片，约略记下场景和部分对白，以便之后能继续重组，直到达成满意的结构为止。另外有的编剧则用粉笔、黑板画出所有结构的线路图。有些则与伙伴合作，这样他们就可以谈论争辩故事要点，在开始书面作业之前，先测试、修正每个角色间合理的因果关系。有的编剧会坐下来，写出故事的初步草稿。有时初步草稿会是剧本格式，有的是分段式的散文，就像是短的故事，有的是这两者的结合体，可能有200-300页之多。这个大纲构思过程，是编剧开始在纸上创作的唯一途径，而且也不能有任何剧本上的创作失误。

最难的部分,就是第一页的一开始。

——汤姆·斯托帕德(Tom Stoppard)

在沙发上写作阶段,你应该已有了想法、场景、对白、角色等笔记。你要开始在脑中组织它们,使之形成剧本该有的格局。你熟知主角、对手、他们争夺的目标,以及故事的结局。不论先期的大纲是速记卡、一张纸、录音机、黑板上的纲要图还是任何其他形式,接下来的工作就是要把这些要素结合配置成一个具有说服力的故事。在剧本实际写作阶段,场景发生的原因和顺序都有可能会改变,但所有的结构都是由这大纲而来。如果没有坚实的大纲,就没有办法继续下去。

> **读者来函**
> 我开始写这部冒险电影的剧本了,但我对如何写下我的意念,感到有些困难。

现在你可以开始写作了。有了稳固的大纲,就可以准备来写剧本的故事草稿(story draft)了。故事草稿会有两种情况,而你有可能会两者都做。

多数的编剧,会把他们的剧本先做散文式的处理(prose treatment)。散文式的处理,指的就是写成短篇故事般的形式,但必须是像剧本一样都使用现在式。处理方式可能是剧本只有几页,也可能将剧本展开,书写得极为仔细,决定权在编剧自己手里,可以采取自己习惯的使用方式,也可以为实现销售的用途,采用令某个制作人感兴趣的方式,从而使他愿意看完整的剧本。

一般在这个阶段,你会开始写剧本初稿(first draft),另有对白附加说明草稿,编剧会纳入所有事项(everything),这都是来自想象力的文字细节叙述。不要感到畏缩,只要写下来。如果你觉得需要列出房间内的所有家具表,那就写吧!如果你必须加入类似"面无表情地"这样的说明到对白中,那就加进去吧!如果你必须去描述角色的服饰是最新款的拉夫·劳伦(Ralph Lauren),角色的装饰是他戴着鼻环,那就做吧!不论什么,只要是来自你脑中的故事,就都写下来。先抛开珍贵想象力,进入真正银幕故事领域,开始动手吧!

> 没有辛劳的写作,就像没有乐趣的阅读般无趣。
> ——萨缪尔·约翰逊(Samuel Johnson)

在草稿时期,如果你还没准备好的话,可能会发现你一直在研究时间、地点等故事脉络上的要素。你也可能要暂停初稿的写作,先去写角色或剧本脉络的研究,因为你会觉得故事窒碍难行,或是你认为简单的角色,变得极不合作。没关系,先停下来。把初稿放一边,写个角色研究或故事脉络研究,使角色放松。做任何可探索你的主要事件、故事、角色、剧本脉络的研究,到时初稿就可回答你所有问题,而且是你在大纲中的指路明灯。

你在初稿时,要写多少页呢?最少要上百页。事实上初稿这命名是被误导的,它暗示只有一个初稿,但实际会有不止一个。你该持续地改写初稿,直到完全去除了所有疑问、所有观众还没问起的问题、所有角色不明确的动机,并使所有场景转换为能让阅读者可以轻易地跟着故事发展下去的状态。

读者来函

我要说,当一个没出名的编剧真是令人沮丧(因为我是个非常好的编剧)。每天看到的,都是各公司所制造出来的垃圾。我的作品绝对比他们的更好,如果他们愿意投资金钱下去,就会发现我潜在的天分:不再是悲惨难看的浪漫(动作)喜剧,这世界也会变得更加美好。

接下来你开始写作的,将会是修订草稿(editing draft)。首先,删除所有附加说明的对白线索,如"面无表情地"这类告诉演员如何读这一句的字样。然后,去除掉所有不需要的场景描述。稍微严苛地自问,我们真的要知道房间内有多少张椅子或主角所穿的内衣是什么牌子的吗?对自己的文字不要过于同情怜悯。删掉,大幅删减,重写。少点字,少一些描述,但要多一些有想象力的表现。

接着,把现在进行时和被动式的语态,都修改为一般现在时。直接地说,电影的时间是现在,剧本上的时间也是有即时性的。

> 编剧和其他人比较起来,就是在写作上要更为困难的人。
>
> ——托马斯·曼(Thomas Mann)

记得,要检查、再三检查你的拼字和文法。要以目视校对剧本最重要的那个版本,检查计算机检测不出来的文法、拼字上的错误。你的高中老师是对的,正确的文法和拼字,的确是重要的一回事。如果你写得够专业,你的剧本也一定会很专业。

读者来函

我是你曾遇到过的最好的编剧,但我现在不要(来函照登)开始,我也不要写,我不要看到我的剧本出现在大银幕上,我也不要赚钱!

现在你可以开始写作又一个版本。我们称之为经纪人的草稿(agent's draft),也就是说,这个剧本的版本,是你最终准备要呈交给他人阅读的。到了这草稿阶段,你都还没有把剧本成品给别人看过。你还没有准备好要把剧本推销到市场上,但你可以明智地邀请几个人来看你的剧本,并看看有怎样的回应。这些读者必须是编剧领域中的批评者,而且要知识丰富;当然,也要思考他们的评论。他们应该能专注于特定要点上,并且让你的作品更好,而不是说些概略的话,诸如"你的角色都还不错,除了一开始的一个"此类。你需要非常特别的注记意见,可用来帮助你改写剧本,同时厘清情节,并使角色更有深度。你当然不必把这阶段的草稿给你母亲、好友、配偶、公司同事看,除非他们在剧本写作方面极有经验,并确实能提供批评意见。

读者来函

如果你已写了一部一定卖座的剧本,但之前并没有经验,谁会想看?又要等多久才有人来买呢?

现在你可以开始写作,加入所有给你的批评建议,把你的剧本改写成

上市草稿(market draft)。这就是我们曾提过的销售剧本,应该是阅读者拿起一看后,就无法放下的最佳内容。绝佳的故事非拍成电影不可,你的这一本,即将把你推向专业编剧的生涯。

但是,在我们提到剧本市场的真实情形之前,也先让我们迅速地看看这对编剧有怎样的意义。

> **读者来函**
>
> 我是个新的编剧,刚刚完成了第一本剧本。我很喜欢,每一个读过的人也很喜欢。我的问题是,它太过艺术性,是难懂且与众不同的。只有想要拍出全新风格、前无古人的导演才有可能懂。我有预感,因为它的难懂与原创性,可能没有经纪人有兴趣,甚至连机会都不给。那我该如何是好?

8.1 写作生涯

写作会是你所能接触到的工作中,最令人害怕的。当然,从失火的厨房中救猫、在高楼上作业,都有可能令人暂时停止呼吸,但写作还是最令人恐惧的。

救猫或是高楼作业,至少你会知道这些行动最后将出现清楚明确的成功或失败的结果。但写作往往是无法确定的。即使是最好的,有时也非得遵照珍贵想象力的过程而开始,因此成品在某方面来说常常也是一种妥协的结果。或许这妥协是来自于创意上的决定,是比你善变的空想来得更好的作品,但是书面文字的创作,绝对不像小孩想象的纯洁幻梦那般美好。

> 我第一行一定写得很好,但剩下的却有问题。
>
> ——莫里哀(Molière)

每次你面对空白的纸时,失败的可能性是相当高的,也有可能是无法避免的。我们并不是说写作无法成功受大众欢迎或很难在商业上获利,而是说,编剧可能由于个人写作方面的缺陷,而无法获得写作上的成功。这种残酷直接的事实,有可能让你在半夜冒冷汗而醒来。所以我们现在提到的是,大家都知道的:写作能力欠缺所带来的挫折感——这也是为何写作是最令人害怕的职业。

也有可能一些想成为编剧的人,一直迟疑是否要开始在纸上创作。很多人都自认可以写得比专业编剧更好,不过等他们花费了许多白纸,要从空无一物之中创作东西出来,他们就会知道写作是什么样了。

> 任何一类作家,都处于极为不佳的精神健康状态。根据英国精神科医师菲利克斯(Felix)博士的研究,在一百个作家中,写诗的人会比写书的人或编剧者,出现更多的情绪不稳和躁郁倾向,通常都需要住院治疗。但写诗的人比较不易早死或出现性滥交行为,只有31%的写诗者是酗酒的,但编剧的酗酒比例则高达54%。
>
> 按照他的研究,80%的写诗者、80.5%的小说家、87.5%的编剧,都有精神方面的疾病或精神忧郁症状。写诗的人,有一半无法达成性爱上的协调;42%的编剧,则有性滥交的问题。
>
> ——节选自《英国精神科医学期刊》,《洛杉矶时报》,1996年5月2日

那么为什么还是有人愿意主动投入这苦恼又令人憎恨的工作,要当个作家呢?乔治·奥威尔(George Orwell),《一九八四》和《动物庄园》的作者,曾提到完全相同的问题。

> 作家都是自负、自私、懒惰的,然而他们写作动机的真正真相,却一直是个秘密。写作是恐怖且耗费体力的经验,就像是令人痛苦的生病过程。如果不是被魔鬼所控制,而且不能抵抗或是不知道自己已身处控制之中,实在不应该去做这个工作。
>
> ——乔治·奥威尔,《为什么我写作》(*Why I Write*, 1947)

奥威尔还说:"先不论是为了生活需求……写作有四个较大的动机。"

(1) 完全自我本位主义(sheer egoism)——想要被视为聪明的人、想要被提起和讨论、想要在死后仍被怀念、想要报复在小时候骂过你的人。

(2) **美学上的热诚**（aesthetic enthusiasm）——热爱文字以及它们经正确配置后所带来的美感体会。沉迷于声音带来冲击的愉悦，并且被好故事的韵律感所吸引。

　　(3) **历史上的刺激**（historical impulse）——想要看到过去事件仿佛真的存在，为后代子孙寻找真正事实并予以留存，或是极乐于知道可能没什么用的断简残篇。

　　(4) **政治上的目的**（political purpose）——用"政治上"这个字，是想要体现较宽广的感觉，就是想把世界推向特定的方向。

　　听起来很熟悉？那是一定的。

　　就像其他艺术家，如果我们不承认我们的自我观念和创作行为非常相关的话，那么作家也就可以说是老实人了。即使我们中的大多数，是受到奥威尔的魔鬼所驱使而写作，我们也还是会称赞自己所完成的作品。当然，政治家们、脱衣舞者、动物园技工也都会有同样的认知，但对编剧来说，却有着特殊的微妙动机。我们中的大多数都发现自己根本不适合团队合作，所以我们要成为独行侠，而且不准备与他人共同作业，也不想配合别人的时间表。不过，令人困窘的是，要向他们证明我们值得拥有这种权利并获得其同意的这些人，却差不多都是我们这同一群人。

> 　　不论你何时写，也不论你写什么，千万不要做出假设观众和你一样不聪明的决定。
>
> ——罗德·瑟林（Rod Serling）

　　结果就是编剧自己认为和观众距离极远，而且有了与观众互相对抗的想法。我们会认为观众是不聪明的、不敏感的，没有我们那么正直的。对一个编剧来说，这可能是天大的错误。大多数的观众，和你同样的，面对相应情绪都会有反应，而且如果要让人家听你的，你就必须跟他们说话。好的说故事者，绝对不会把自己和他们的听众区隔开来。好的说故事者，应该是火堆旁令人迷惑的表演者，而不是像一座山般的遥不可及。

如果一个作家必须去抢劫自己的母亲，他是绝对不会迟疑的；一篇传世之作，抵得上千千万万个老妇人①。

——威廉·福克纳（William Faulkner）

作家们都会喜欢他们的工作，他们可以灵活处理文字和意念上的游戏。他们有技巧地将概念诉诸纸上，并以能迷惑阅读者为乐。当然，写作也不一定是非常有趣的，一点不比俯卧撑或音阶好玩，不过写作中有些挑战必须去面对，有些游戏要能做到智取。不论是不是明星，运动员们通常都会提到，他们极喜爱自己所从事的运动项目。作家们也会极喜欢他们从事的工作，每天回到计算机键盘前，努力制造出新的句子、新的单字组合、有新鲜感的语意变化，或是精彩的唤起情绪的方式，这些都会使剧本变得令人大吃一惊。我们也会一直寻觅，期待发现我们的观察和技能突然间聚合反应的美学合成。这就是好故事的韵律，让我们再绞尽脑汁吧！

就算我们不是历史学家，所有的作家也都会试着使自己所存在的环境变得合情合理。我们很自然地会去压缩时间并挑选事件，理解社会的混乱，并试着想去教化环境。这就是奥威尔的历史上的刺激，会使我们在脑中保存片断的信息、保存纸片甚或保存计算机档案。而我们在把这些轶闻整理成书面文字之后，那种喜悦，就好像小孩子在阁楼中找到失落已久的玩具般高兴。专门从事虚构故事的作家，绝不会像真正学术上的史学家那般，而是倾向使写作变成一种令人兴奋的经验，并不断制造出惊奇。如果你仔细地聆听故事或角色的可能纠葛和细微差别，答案有可能就存在于你自己心中。有时我们会把令人沮丧的悲剧，整个翻过来当成闪亮的闹剧。你不觉得最美好的事，就是早上一醒来，昨天所读到的一切有了个全新的模样——在你睡觉时，就有工作室中的小精灵，出来把所有东西都变成令人快乐的

---

① 原句为："就算他必须抢劫自己的母亲，也毫不犹豫；一篇《希腊古瓮颂》（*Ode on a Grecian Urn*），重要过千千万万个老妇人。"福克纳此语强调了作家对创作的热爱，他认为，作家为了写作可以不顾一切，唯一该做的就是对他的艺术负责。《希腊古瓮颂》，是英国诗人济慈由希腊古瓮上的铭刻创作出来，颂赞不会随时间流失而消逝的爱情的吟诗。——编者注

惊喜么？

当然，我们写作也都是有所企图的，就像奥威尔提到的，要去宣扬我们政治上或社会上的智慧。我们的热情，使得我们总是期望电影的力量能在一夜之间让世界改观。在美国——在其他国家逐渐也是这样——编剧会被定义为与新闻、小说写作、非虚构故事或舞台剧写作都不相同的写作形式。没有剧本是可以独自存在的，你的剧本是公司数以千计的人员维生的一部分；完成成品后，是要用来取悦、惊吓、激怒或满足无数的观众的。这个公司，也不是指导编剧该如何过日子的企业，它通常被我们称之为——娱乐商业（entertainment business）。

 **涂鸦作业**

❏ 你想要写作的动机是什么?

❏ 为什么你想写剧本,而不是写小说、诗歌、歌词或是舞台剧?

❏ 如果我再三向你保证,写剧本是绝对赚不到钱的,你还是要选择这一行来追求自我表现吗?

❏ 你喜欢文字吗?喜欢玩文字游戏,玩猜字谜(crossword puzzles)吗?喜欢研究字的表现手法吗?你喜欢玩弄语言吗?

❏ 你都读哪一类的书？历史的？生物的？小说？古书还是现代书？

❏ 你最喜欢的作家是谁？为什么？

Chapter 9
编剧这一行

THE BUSINESS OF SCREENWRITING

没有人什么都知道的。

——威廉·高德曼（William Goldman）

十分令人遗憾的是，一个编剧新手最常问的问题，不是"我如何写出好剧本"，而是"我如何闯入这一行"。这问题唯一合乎标准的回答就是，你所听闻过有关好莱坞的一切，都是真实的。不论什么都是，真是令人感到难以理解。

9.1 没有任何行业会像演艺事业这一行

大部分的公司都会建立一套工作基准，如果有被认可的成就，工作人员会逐年晋升，直到退休为止。但好莱坞的电影公司可没这一套。更正确地说，是有许多种做法的——各种善变的、飘忽不定的幻象，看起来像是敞开的大门，可是一进门就会先碰到一堵坚实的高墙。

这一切也都没错。自从20世纪初，一些有冒险精神的制衣企业家开始投资在活动影像这一行后，好莱坞存在的理由就是赚钱。好莱坞是个商业圈，不是艺术品。好莱坞是个超大工厂，由创意人员和财务人员合作聚集在一起,把一些大众想看的,也愿意花钱去看的,给变出来。了解这原理之后,你就知道每天都有一些充满幻想的人,来到电影行业的幸运轮盘前,测试他们的运气。

与所有其他类别的创造过程中的努力不同,电影制作过程是一个团队协力合作的行动过程。就像媒介观察家麦克卢汉(Marshall McLuhan)所说过的:"没有人独自完成摄影。"这是一样的意思。实际说来,写剧本的人也只是工作团队中的一分子,虽然编剧的文字是制作过程的基础,但在制作过程结束时,再对电影进行描述,却不一定会使用相同的文字。

小说的写作上,作者是唯一的创作者。即使编辑、封面设计者、排版人员以及销售部门的人也对这本书有贡献,但在书的封面之内的所有内容,百分之百都是唯一作者的创作。因为作者的想法与文字,转变为印刷文字后的创意表现,决定了这本书会大卖还是失败。在美国,西德尼·谢尔顿(Sidney Sheldon)或丹尼尔·斯蒂尔(Danielle Steele)的书,出版社都做出了极大的销售宣传努力,出版界也和电影一样,商业化了。当西德尼和丹尼尔晚上回到家开始数钱时,他们都可确信,书店书架上他们的书,是他们的原始创作。也因为这个原因,许多作家会被小说形式的表现方式所吸引。你的努力,能以书这样的具体形式保存下来,将会为你带来极大的满足感。你可以把它放在人来人往的咖啡店中,骄傲地指着它说:"这是我努力完成的!"

很类似的,剧作家也是作品的唯一创作者。当然,一出戏也必须搬到舞台上表演,才算完成。这时,就有极多演员、导演、场景服饰设计等工作人员,一起来为这前途未卜的戏剧做努力。也因为如此,剧本往往是一个人独立完成的作品,所以在百老汇(Broadway)现场演出的舞台剧中,如果没有剧作家的同意,剧本中的任何一个字都不能随便改的。

电影界似乎并没有这种光荣的传统。剧作家并不是把作品卖给舞台剧的制作人,而是给予制作人演出许可,仍对自己的成品保留有完全的权利;但是当编剧把剧本卖给电影制片之后,剧本就成了制片的财产。制片拥有了作者才有的著作权,也就是说,他对剧本可以做任何处理。

时代华纳(Time Warner)正推出一种全新的浏览系统,是为了建立交互式的影像,让观看者可以按照类别来挑选电影,并且可立刻链接到不同网址去。举例来说,当你在看电影的时候,点击链接,就可以链接到卖比萨的店家。所以你可以订购比萨,并极迅速地重新回到你所看的电影上。

想象一下,你指派一位很高明的肖像画家,来为你的爱犬斯帕克画一张图。经过了几星期的不同姿势描绘,画家终于画出一张捕捉到你爱犬神韵的图画出来。于是你付了该付的费用,却自己拿起刷子,开始在画布上再加些颜色。由于不满意你自己后续的处理,于是你又找来第二位画家,再去润饰第一位知名画家的作品。你告诉第二位画家说,你总觉得画中哪里怪怪的,斯帕克应该要有动作,而不是呆呆站着。

第二位画家的手法不尽相同,他在整幅画上盖了一层白色的涂料,但是并没有盖到角落第一位画家的签名。紧接着他画出了一系列类似漫画的连环图,描绘斯帕克在玩、在吃东西、打瞌睡、和隔壁的狗一起玩,以及做其他的事。你认为简直是太棒了,于是你又付了费用。

只不过你又觉得这张图还是少了什么,于是找来第三位画家做修饰。你说你喜欢连环图的表现方式,但并没有完全捕捉到斯帕克在你心目中的模样。第三位画家也知道该怎么办,他用剪刀在图画的正中间剪了个洞,再做了个斯帕克头部的石膏模型,并把模型嵌在这个洞上,画上像葡萄果酱的颜料,并在它的脖子上戴了小丑般的领子。

现在你有了斯帕克独一无二的画像,但只有第一位原始画家的签名,才是最有价值的。

在严肃的肖像绘画界来说,这件事可以说是相当荒谬的。但是在电影制作的环境里,却是极合理自然的事。当然,也没有人一开始就想做出难看的电影,只是或多或少会把原本不错的艺术品,改成了破烂废物。电影是一种合作完成的媒体,也就是说有许多人,有时是太多人来参与,这些人比原始的编剧,在影片成品的最终呈现和整体感觉上,却有着更强势的发言权。

9.2 剧本市场

你已经写完了销售剧本,现在你打算要展现创意,正式踏入这一行,把你的剧本卖给这个合作媒介的其他重要角色,他们是:制片(producer)、导演(director)、明星(star)以及大众(public)。

制 片

电影中有很多人都可被称为制片,但让我们将制片定义为:拥有权力决定一部电影是否付诸拍摄的个人,或是像制片厂这类的实体,而且需要能够提供资金或是募集资金,来支付剧本以及所有制作人员的费用,让工作人员的技能和努力用在电影的摄制和营销之上。在美国,即使是预算极低的电影院放映剧情片,预算也差不多是一千万到两千万美元之间;当然,电影《泰坦尼克号》的粗估支出费用,就已远超过正常比例。如果心智正常的人,是不会在金钱上冒任何风险的——尤其是上亿的支出——除非他们深信有机会,不只可以把成本赚回来,更可以获得利润。所以结果是,当制片买下一部剧本时,他们希望尽可能在这个开始阶段,就可确定所买下的素材是会成功的。

当然,如果每个人都那么确定一定成功,也就不存在风险,那电影这一行也将会完全不一样。利用计算机推算、进行观众调查,或是纯粹进行精神上的猜测,都没有人能够确信自己能在特定时间范围内精准地了解大众的心态。一般说来,电影从剧本形成到在影院放映,需要至少一年的时间,有时可能会要两年。在这段时间里,大众的品味和兴趣,可能会发生极大的改变,所以去模仿现今最热门的影片,也不见得会有效。制片拿出自己一大笔钱,或是投资者的钱,其实就是下一个赌注。现在捕捉到大众想象力的剧本,在两年后才有可能变成电影,这是个令人提心吊胆的期望。所以担任好莱坞制片的人们,其实某种程度上就是凭借他们的臆测,进行职业生涯与财富创造的冒险。

我们可以理解的是,制片们会选择尽可能不冒风险,并且他们会从剧本这个环节就开始。他们检视过去受欢迎的主题、故事,并试着推论类似的主题、故事在未来是否仍然能有效用。有时,在这种推论过程中他们会依靠自己的直觉,延伸做多次的思考。当制片知道别的制片厂也在筹备极相似的题材后,昨天原本令他们极有信心的剧本,一夜之后却会使他们变得犹豫不决。往往当下的一些事件,就能立即改变大众原本就善变的念头,一部符合当时流行倾向的剧本,到了下午就可能变得很是冷门、无人问津。所以,制片经常会故意让剧本看起来是"正确的"。这情形极有可能会演变为引进另一个对影片有着全新思考的编剧,按照制片所相信的大众想要看的内容来改写。有可能一部电影会经过12位以上的不同编剧的改写,直到完成制片内心觉得舒服愉快的版本为止。

导演

通常在剧本完全确定之后,制片所雇用的第一个人就是导演。导演要负责将拍摄计划完成落实,由纸上作业开始,一直到在银幕上的首次公开放映为止。这是一个难以想象的、耗费心力的工作,需要导演具备精力、天赋、极强烈的自我,才能实现绝对的成功。电影院中的剧情电影,多半会被认为是导演表现的媒介,因为导演必须把电影产品塑造成大众消费的必需品。当然,导演会有兴趣实现影片在艺术上的成就,不过他们在这一行的名声,以及未来导演本人是否有机会再受雇用,大部分取决于他们的成品是否能实现营收上的成功。如果一位导演无法控制开销,也没有创作上的表现,制片或是投资者就不会乐意再去投资导演的下一个拍摄计划。

所以导演会特别重视在电影拍摄过程中对各种情况实行严格掌控,但是这掌控权却是从剧本开始的,这就造成这样的情况——即使是制片已经同意的剧本,导演总会有自己的理由再来修改。他们可能会找来自己前一部获得成功的影片的合作编剧,把剧本做另外处理。大部分的导演都想在他们的电影中,发展出独特的表现手法;他们会以导演动作冒险、喜剧、浪漫爱情类型的电影而出名,而且声誉可能极为出众,以至于没有办法去执导另一类型的电影。也正因为如此,导演很自然地会在剧本中寻找适合他们的表现手法要素,并在他们的每一部电影中强调这些要素。

明星

好莱坞一直是——也会永远是——由明星所引导的产业。这一行内的每个演员都想变成明星,他们会不断寻找适合的剧本、适当的角色,从而把他们的演艺事业一下子提升至明星的层次上。

然而已身为明星的演员们,也还是会去寻找特定的剧本素材。观众可能不知道导演的名字,也差不多一定不知道编剧的名字,但绝对会知道想看的男女演员名字。某程度来说,一个观众会期待看到由克林特·伊斯特伍德、凯文·科斯特纳(Kevin Costner)、朱莉娅·罗伯茨(Julia Roberts)或是梅丽尔·斯特里普(Meryl Streep)所主演的电影,而这些演员也会花费极大的精力和大量资金,来加深大众对他们的印象。结果是,许多明星会被制片们或投资者们认定是能够创造票房的,比一些大众未曾听闻或喜欢的演员有更高的观众认同感,并有助于卖座营收。很明显的,影片不会每次都能达成期望的这种结果,许多票房惨淡的影片都有大明星参演;但是明星名气愈大,电影卖座佳的可能性也愈高。

这种明星力量的意义,编剧必须随时谨记在心。你是为明星以及可能出现的明星而写作。实际情形是,演员也喜欢去插手(meddle in)剧本。一位明星可能要求剧本改写,从而为他们设计出特定的形象。比较小牌的演员们,会要求导演为他们修改对白或表演动作,这样才能在银幕上多出现一些时间,或有更佳的拍摄角度——也就是说,如果修改剧本也是无妨的。

大众

电影这个行业,就像是汽车业或服饰业,都是由大众的需求所引导的。这些大众观众,也是你卖力工作艰辛推销的对象。你并不知道他们是谁,由哪里来,或是他们想要什么;他们也不是你的朋友和家人,不过却有着相同的情绪和反应。他们没有你过去的经验,其情绪反应也只是和普通人所该有的反应一致。他们可以被分析研究,作数学上的统计,以社会学划分、收入、教育程度、地理环境等作标准来进行分类。你也可以测试一般观众反应,但你还是无法知道他们到底是谁。你可以在当地的戏院中和他们同坐一排，听他们作为观众时的笑声与啜泣，但你还是不会认识他们。对这些大众观众来说，只有两件事是可以确定的：

- 他们不像你。
- 他们像你。

这部分也是编剧直觉的由来。好莱坞中有无数的人会告诉你，他们知道观众会有怎样的反应。但要记得威廉·高德曼的名言：没有人什么都知道的！你必须利用自己作为编剧的直觉，和这些坐在黑暗中的人连结在一起。

所以有四个实体——制片、导演、明星、大众——是剧本能否成为电影的决定性因素。而且，并不令人感到意外地，他们都想要相同的东西，那就是好的故事。当然，说总比做容易，但以下提供一些基本指导，你可以用于撰写以及推销你的第一部剧本：

（1）**有没有一位毋庸置疑的主角？**要记得你是为明星而写，明星们不喜欢和别人分享他们在银幕上出现的时间。更重要的是，观众也需要确认是哪一个角色会带领他们走完整个故事。

（2）**主角有没有明确定义的问题需要解决？**要记得冲突焦点！什么是主角的外部目标？为什么观众会在乎故事的结果？

（3）**有没有集中对抗主角的鲜明对立的对手？**记得戏剧上的冲突。主角的争斗会如何影响观众？如果主角输了，对手的获胜会如何影响观众？

（4）**为了解决问题，需要主角采取行动来对付对手吗？**你的主角是否被强迫？在你的主角必须采取行动，要不然就会输掉之时，有怎样的时间的限制？

（5）**为了解决问题，是否要把主角的价值观带进问题里面？**记得由戏剧冲突暴露出来的角色内在需求。观众如何知道，在故事结束时，主角会有极大改变？

（6）**你有没有故事情绪上的主要原动力，而不是使剧本的一切都显得太过聪明机巧了？**记得电影是要进入我们心中，而不是大脑之中。大部分的编剧都会有社会上和政治上的目的，但我们毕竟还是投身于娱乐观众的事业之中，要告诉他们一个梦幻的故事，而不是教授一门教化的课程。

当然你也会发现这些特点上的例外，但如果你毅然地把这六个准则谨记在心中，日后无论你所写的是哪一类型的剧本，对这一行中大多数的制片们来说，这剧本都是有市场的。之后，当你写出并卖掉1-2部成功的电影之后，就可更不受限制地去实验一些真正新奇的表现手法和故事内容了。

9.3 大企业，小生意

在《泰坦尼克号》之前，一部由大的制片公司拍摄的电影院剧情电影，在摄制、营销费用上，平均需要6000万美元。花如此大量的金钱在一部剧情电影上，意味着掌控这电影商业的人，不是那么的有创造力，他是艺术性的个人，却也是个管钱的人。想想看，制片兼具的是银行家、销售员和零售商三个身份，他们的产品恰好是有娱乐性的，而不是钢铁、橡胶或水泥。所以身为编剧，你就要更清楚地知道你面对的是怎样的人。作为银行家，他们感兴趣的是财务底线，是在资本投资上能有好的获益回收。至于销售员，他们希望为自己的产品制造出热潮，并创造出大众需求。而零售商，他们注意的是赶快签订合约，使他们的货物能有所流动。正因如此，常常被提起的就是，电影这一行，出现的不是制片想要拍的电影，而是他们所能完成的电影。也就是说，他可以把适合的导演、剧本、明星聚合在一起，然后说服银行家来投资，并由营销人员推出销售。

> 时代华纳机构的年度报告宣称："商标增强了图书馆，图书馆增强了网络，网络增强了发行，发行又增强了商标。"

好莱坞较大的制片公司，会有外延范围极广的摄影棚，其中包含录音室、资产部门、固定场景与大块土地，这些是大多数电影拍摄的地方，这些公司也就被定位为大公司。但这些大公司可不是只有大面积土地及不动产而已，他们是国际级大集团，掌控电影由概念开始，同时掌控电影是否在你附近的影院中放映，更直接掌控放映在银幕上的真正成品。更进一步说来，他们是银行家、财务机构，会投资或募集资金，为他们要拍摄的电影所用。

国宾影城（Cineplex Odeon）这个院线机构，正和世嘉（Sega）游戏机公司联合，要发展筹建"娱乐中心"，里面有影院、电游城（arcades）、餐厅及大卖场。

好莱坞的大公司，包括派拉蒙（Paramount）、环球（Universal）、福克斯（Fox）、索尼/哥伦比亚（Sony Pictures/Columbia）、华纳兄弟（Warner Brothers）、迪士尼（Disney/Touchstone）、米高梅/联美（MGM/UA）、梦工厂（SKG DreamWorks）。这些大公司还会有极多小的支部，负责处理特定类型的电影或控制预算，并且和独立制片人签订发行合约，或研拟是否与其他制片公司共同出资的议题。如今，他们把过去宛如街角商店感觉的老制片厂系统加以改造，重新立起了新的里程碑。今天的大公司已不再只是电影商业公司，它们是超级巨大吸金组织，包含了复杂的全球联盟，处理拍摄、财务、制片、销售、发行等所有事情。

在另外一边，只有你孤零零的一个人。

在完成剧本以前，你都是个创意艺术家。但现在你已成为生意人了，你已经在编剧这一行中了！你的目的，是尽可能地以高价卖出你的剧本。如果够幸运的话，你的剧本会被拍成电影，你有可能再拿到一些红利奖金。如果电影大卖座，你更有机会去写更多的剧本，你的价码会提高，也可要求更多的金钱报酬。这就是你所在的行业。不像卖吸尘器、汽车或保险，你的财产就是待价而沽的电影剧本。

> 没有人可以从我的收入中，来伸手拿钱。
> ——刘易斯·沃瑟曼（Lew Wasserman），环球（MCA）总裁

你的顾客是制片公司的总监，套用一句好莱坞的话，就是："穿西装上班的人（a Suit），正坐在桌子的另一侧。"这个穿西装上班的人，通常会坐在桌子对面，到世界末日前也都会一直拥有掌控统治权力。这是电影这一行的真实一面，穿西装上班的这个人说出的唯一主要问题就是："要多少钱？"

如果你认为，做一个编剧已经是你的全部人生志向，那么有几个机构和人员，或许可以帮助你获得成功。

9.4 美国编剧行业公会

编剧的天性是比较主观的，极个人主义的，通常他们也喜欢独自工作。所以听闻好莱坞的编剧们都隶属于一个劳工公会，恰好和个人主义相对立，或许会很奇怪。就像是汽车工人联合工会（UAW, United Auto Workers）一样，美国编剧公会（WGA, Writers Guild of America），也经过了美国劳工部的认证，不过和 UAW 也不全然相同。因为 UAW 的成员们，通常都是一个团队中的一部分，在一条生产线，日复一日地重复相同的工作。编剧大部分还是可以安排自己的时间和工作环境的，并且可以与制片协商自己该得的薪资。只不过电影业中变数极大，所以才需要有编剧公会存在。

> 编剧是这一行中最重要的工作人员，然而我们绝不能让他们发现这个。
>
> ——依文·塔尔贝格（Irving Thalberg）

好莱坞早期时代，电影业仍是由片厂大亨（moguls）路易·B. 梅耶（Louis B. Mayer）和华纳兄弟掌控时，编剧的工作环境也和在生产线的汽车工没什么不同。大制片厂制度下的好莱坞以惊人的速度生产影片，编剧们就在摄影棚中排排坐构思剧本。他们有的写整部电影的剧本，有的只是写几场戏，有的则做剧本改写后的再改写工作。有个真实性存疑的故事：有一天路易·B. 梅耶到米高梅摄影棚的编剧大楼去，听到现场安静无声后，他大喊："我付钱请你们来写，为什么我没听到有人在写作？"立刻就有 12 台以上的打字机开始噼啪作响，直到梅耶离开后才停下来。

把编剧视为可消耗雇员的心态，比电影最后片尾名单（credit）的事件要更严重。作为一个受雇者，编剧对他们的作品被使用，是不可以提出置疑的，不论他们是否被载入片尾名单中。简言之，他们在电影制作过程中，并不被认作是创意的贡献者，只不过被视为用单字填空格的人罢了。片尾名单的认定由制片公司所分派,而且误用滥用的事层出不穷。通常,工作上的认可,最后会给予制片、制片的朋友,甚至是制片的儿子——这些和剧本写作完全扯不上边的人。

1933年,美国作家联盟的编剧公会(Screen Writers' Guild of the Authors League of America)在好莱坞举行了一个特别会议,这个草创的组织就是美国编剧公会的前身,也就是一个由电影、电视、广播编剧组成的劳工公会,目的是要和电影制片们——比较集团式的说法叫"公司"——以及全国广播网(network)协商,制片公会与这些制片公司和全国广播网谈判,使之必须同意和编剧公会签订一个重要条约,称为《最低保障基本协议》(Minimum Basic Agreement,MBA)。这个条约制定了这样的条款:特定类别的写作编剧,必须要被支付最基本的给付款项,并且制片应给编剧提供特定的工作环境。MBA条约在之后几年也经过了几次协商修订,但在后来还是会出现编剧公会的罢工。编剧公会最后一次罢工是在1988年,持续了五个半月。从那之后,这条约就保持了极为有效地修订,于是好莱坞也就再没有发生任何停工。编剧是极个人化的创作者,也的确是不可更改的事实,在编剧这个行业中,编剧像是主人,但又像是受雇者。往往能保护编剧在这行中免于受到虐待的,也只有编剧公会了。

如果你要推销剧本,倒不一定非是WGA的成员不可,但如果你真的卖出了你的原创素材,就有资格加入这公会,并且有会员资格的保护。另外,即使不是会员,也有几项公会的服务可以加以利用。最重要的一个是WGA的知识产权注册(Intellectual Property Registry)。这个登记注册部门设立来协助将院线电影、电视、广播等所创作的文字数据存件建档,记录完成日期。这项注册并不同于著作权(copyright),但却是一本剧本在特定时间曾经存在的最好证明。不论面对的是可能出现的作者身份争议还是法律纠纷,这个证明将会是极为有用的。

9.5 他们偷了我的创意!

在我们解释更多前,让我们先澄清对有关文字素材能还是不能被保护的错误认识。知识产权领域是极为复杂的，所以如果你怀疑你出了问题，最好先征询律师的意见。只不过在你付出每小时200–300美元的律师谈话费之前，让我们先概略地检视一下可能面对的这些情况。

好莱坞也会有剽窃案件，这是毋庸置疑的。创意、剧本、角色、理念随时都有人偷窃，你也会听说许多著名的案例。不过事实上，许多编剧相信，文字上的剽窃，是不该成为问题的；然而一旦事件发生了，也是极难以去取证的。最常听到的编剧的感叹就是：这个或那个制片偷了我的创意！如果这是真的就会很令人难过，很明显的，这些制片存在不道德的行为。只不过，很现实的情况是，你也没办法去保护一个创意；一个凭空出现未制作成电影的剧本创意概要，是没有著作权的。也没有法规能够禁止两个人，在差不多相同的时间有了相似的创意。或许历史上最著名的案例就是发生在查尔斯·达尔文（Charles Darwin）和阿尔弗雷德·罗素·华莱士（Alfred Russel Wallace）之间的那段公案，两人同时有了相类似的新的见解。在1858年，他们各自发展提出物竞天择的理论。然而达尔文的《物种起源》（The Origin of Species）先行出版，于是到今天就几乎没有人记得华莱士了。

几乎每个星期，好莱坞都会有人抱怨，电影或电视节目制作人偷窃了他们的创意。当然，作者的想法念头是没办法被保护的，只有以戏剧化的方式呈现后这才有可能。实际说来，只有特定的对白或故事走向，有可能可以被加以保护；但如果有人提出极相似的故事，或者两者有几乎相同的故事前提和角色设计，也不必太讶异。要知道，我们身处于这个世界，被相同的事件和思潮包围，因此有可能在同一时间，我们——甚至不止是我们双方，还可能是更多的人——会想到相同的故事创意。

至于你的自我保护方式，就是把完整的剧本向WGA登记部门注册。你拿或寄一份你的剧本到这公会，按照WGA登记部门的指导，缴纳20美元，就会得到一份收据，证明你在特定的一天，存入了一份你的剧本到公会之中。在后来的日子，可能你把剧本交给一个制片研读，但不幸被拒绝了。如果在一两年后你看到了一部由这家公司所拍摄的电影，使用了你剧本的素材，那你就可能有必要去一趟法院了。只不过即使真的如此，还是先询问一位学识渊博的诉讼律师才好。

但也先不要急着去责备这个制片。事实上，几乎没有人敢做出这么公然且无耻的剽窃行为。极有可能的情况是，这部已完成的电影，与众多不同编剧的众多草稿之间，均有着相似之处。当然，在你的剧本中，也可能看到很多与其他编剧的剧本相同的要点。请务必要记得，如果有一位编剧选择了一个主题，并研拟发展成了具体故事情节，不可避免地其剧本就会和其他挑选相同主题的编剧们的剧本有相类之处。例如，同写一个关于某个外星人抵达地球，并和一个小男孩成为朋友的故事，你取任何两本剧本来比较，在特定场景、事件甚至角色上，都无法避免地会有内容极相同的情形发生。

除了向 WGA 注册你的剧本之外，整理出一个记录你所接触过的、曾看过你剧本的制片的名单，也是极佳的保护。记录你的电话联系表和所有书信复印件。经过会谈后，记得送出感谢卡，也要记下讨论的主题和内容。但记得，千万不要有妄想症（paranoia）！妄想症会带来戒备和敌对，没有一位制片会和一个充满怀疑之心的人谈生意。电影这一行是相当复杂的，有太多太多的编剧会创作延展出相同的故事或角色。尽量在编剧这工作上下功夫，就会有成功的机会，不要总去不断嚷嚷每部电影的故事都和你的创意一样！

9.6 真实人生的回忆录

许多历史事件，像林肯总统遇刺、芝加哥大火等等，都已成为公共领域（public domain）事件了。我的意思是说，这些事实可谓众人皆知，可以被任何编剧利用，而且也几乎为所有编剧所利用。但使用距离当下时间较近的事件作为题材，还是较容易出现问题的。可能在每天的报纸上，你都可看到某一个著名审判的过程，但那是没有著作专利权的。假如你觉得这案例适合你的话，你也不具有使用这些信息的自由。

公众人物都有自己的权利，即使是关涉继承人和财产的问题也包括在内，你不能随意地去编造他们的故事，否则便有招致诽谤（libel）罪的风险。尤其要注意非公众人物的人群，他们的隐私权是极为重要的，在没有得到特定许可之前,没有权利去述说他们的故事。

如果你真的正在打算要写一位真实人物的故事,你该采取的行动是先征询律师,并设法请你的主题人物签署《人生故事期权合约》(Life Option Contract),在你开始撰写之前就请求对方给予你使用许可。顺便提出,千万不要以为你写的是有关你的妹妹或叔叔的故事,你就自动拥有授权。即使是最亲密的家人,在存在关涉金钱的问题时,也都有可能反目相向的。

> 我极厌恶编剧。但另一方面,我还是相信钱。
> ——S. J. 佩雷尔曼(S. J. Perelman)

9.7 美国的著作权

除了将你的剧本在 WGA 留下纪录之外,你也可以另外为剧本向美国著作权办公室登记著作权。根据著作权的法案,当你以一定格式完成作品的同时,就拥有了著作权,不需要采取注册或其他行动来确认你对自己成品的所有权。但如果你确实在著作权办公室中登记了你的著作权,还是有好处的。最明显的是,假如你真的为了侵权诉讼不得不到法院去,有了著作权登记,你就可以提出申请法定损害赔偿和律师费赔偿。要不然,法院可以只判决你得到实际损害的赔偿而已。

要登记剧本,你必须呈交两份剧本,登记费用为 20 美元,填具申请表,并可拨打电话(202)707-9100 咨询。登记完成,在你剧本中,就可加上著作权标志(ⓒ)、出版的年份以及你的名字了。这就是你所要做的事。现在你可以把你的剧本,送交给可能购买你剧本的制片阅读了。

9.8 你的工作团队

有三种人可以协助你将剧本递交给合适的制片,他们是:写作上的经纪人(literary agent)、娱乐业的律师(entertainment attorney),以及个人事务经营者(personal manager)。

一般人的想法是，要把剧本给他人阅读，是不需要经纪人的。但经纪人还是有帮助的。经纪人是你在好莱坞这个大迷宫中的良师益友兼向导。往坏处想，经纪人也起码是必要之恶，但也让我们来澄清一些有关经纪人的错误观念。

- **经纪人并不是职业介绍所**。真实情况是经纪人可以帮你介绍写作工作，但你不能期盼经纪人让你一直有工作。经纪人是个掮客（broker），把已经有计划和剧本的编剧，和对其有兴趣的制片组合在一起。经纪人做的最多的，就是引见你或你的素材给可能的买主。记得，没有人可以卖掉公司不感兴趣的东西。或许有的经纪人会认为，类似贩卖文字的行为，卖剧本和推销百科全书并没有什么不同。事实上，经纪人不是个销售员，而是委托者和顾客的解说员。如果顾客想要买，接下来的行动就是配一位委托者给一位制片。如果顾客没有购买意愿，经纪人也无可奈何。差不多有十分之一的工作机会，是来自于经纪人的努力的。要知道，你自己才是个推销者。你自己要和这一行的人签约并有所联系，经纪人才可以跟着去协商你的合约。
- **经纪人也不是你的老妈子**。经纪人的任务，不是在你忧郁时去安抚你，也不是在你低潮时陪你说话。经纪人也不会通过说你有多好来提振你的士气，更不会在你辛苦工作后，放牛奶点心到你的计算机旁边。经纪人是冷静、有时甚至冷酷的生意人。经纪人需要你是个大人样儿，而不能成为他的负担。
- **经纪人不是银行家**。如果你的财务一团糟，也不要期望经纪人会去帮你缴钱，或是再给你个小副业，让你可以付掉房租。当然也曾有慷慨的经纪人，一直借钱给他的委托人，并把客房让出来，直到他们一起赚到大钱。不过先别傻了，只有你自己才该管好你的经济状况。
- **经纪人也还是生意人**。他们有房子拿去抵押、有车子需要分期付款、有上私立学校的小孩，还有职员薪水要付。一个经纪人可由委托人的写作所得中抽1/10的费用，而且是有工作的委托人才算数。比方说，一个经纪人手下有50个编剧，那起码要一半以上的编剧都有工作，经纪人才有办法生存下去。这一行现实的是，筹措到每个月的基本开销之前，对经纪人而言，从你这儿或其他人那里得到这 1/10 的所得，是没有差别的。

- **经纪人是你的团队成员。**你和经纪人间要彼此互信，否则就是两败俱伤。当然，经纪人必须喜欢你的作品，并相信你的能力。与此同时，你也必须相信经纪人的直觉，毕竟经纪人比较清楚了解现阶段制片们的需求。如果你的经纪人说你特定的素材在当今市场上是卖不出去的，你就要听进去。先不要立即反对并拒绝做任何修改，而要和你的经纪人合作，做出市场所会接受的修订。记得，你赚到钱，经纪人也才能赚到钱，所以他是和你一样热切地希望完成交易的。

- **经纪人是你生意上的合伙人。**在协议合约的事情上，经纪人可以在你这个展现创意的人和制片间，做出理想的距离区隔，所以你不必在创意和财务间同时做出决定。作为编剧，你必须保持合作，并且提供给制作公司所需要的，从而与之一同创造出成功的电影。只不过这种合作也是有下限的，要不然你可能会做白工。如果有个制片要你做额外的重写，或是写另一本剧本，这时你就可以说："去跟我的经纪人说！"

- **经纪人可以带来更多认可。**当一个经纪人把一本剧本提交给制片研读，表示这个素材是值得考虑的，制片会比较乐意去看由经纪人送来的剧本，对从天而降的剧本则可能不感兴趣。而且，大部分的制作公司，都明确表示不接受不请自来的素材，并且信封连开都不开就会予以退回。这样做，一部分的原因是为避免招致任何可能涉及侵权的官司，另外的原因就是，制片没有时间去读未曾经挑选的素材。当然，你有可能在一个晚会上或住家附近碰见制片，也有可能被制片所信任的人推荐，从而不必通过经纪人就把剧本送到公司去。但大部分的情形下，经纪人会是编剧和制片间必要的沟通桥梁。

9.9 拥有自己的经纪人

作为编剧新手，想要找到一个经纪人的最佳途径，就是由读过你的剧本并且也愿意协助你的制片，或是另外的委托者，来推荐给你。如果你知道某人有了经纪人，可以请你的朋友代替你去打听情况如何。但不论情况如何，你的朋友也可能不是很清楚制片和经纪人的相互关系。这一行有时令人觉得可笑，因为几乎每个人都不太能确定自己的名声地位，所以介绍一个未来的委托者给一个经纪人，多少都有风险存在。如果你是个极佳的编剧，你的朋友可能会认为经纪公司不够理想；但假如你还不够优秀，经纪人反而会质疑你朋友的判断能力。

想拥有你自己经纪人的第一步骤，就是去查看编剧公会所出版的《经纪公司加盟表》(*Franchised Agencies*)。这些都是在与制片协议时，同意遵守编剧公会规定的经纪公司。表上有许多超大经纪公司，但大部分则是中小型经纪人。新的编剧可以说根本没有机会进入到超大经纪公司去，因为这些公司一般都专门吸收成名编剧，在委托者已有所成就之后才愿意接纳。超大经纪公司会组合编剧、导演、明星等来拍摄电影，这些重要职位的人物都是代表同一经纪公司的，所以他们所得的佣金(commissions)会按比例加倍。

在中小型的经纪公司中，有许多经纪人因在电视界的成功沟通，而富有名声——有时是在剧情片领域，有时则是在情境喜剧(sit-com)或动画(animation)等特定领域中。你必须让这些经纪人都能了解你，他们才能决定是否要成为代表你的经纪人。

当然，让你被了解的可能的方法中，最不妥的是寄送给他们一本不请自来的剧本。大部分情况下你不会得到任何响应，而且你可能会发现你的剧本被丢弃在经纪人办公室外的垃圾桶中。如果你在编剧领域没有任何的名望，也没有人愿意推荐你，那你和经纪人接触的唯一途径，就是发一封询问函(query letter)。就像能让你有工作面试机会的履历表一样，询问函是你吸引经纪人最有效的自我推销工具。

 涂鸦作业

给经纪公司写一封询问函，希望他们阅读你的剧本样本，而且让这些信函简短又易读。

- 第一段，以能引起好奇心的故事叙述来使经纪人对你的故事或你的主角感兴趣。要给经纪人极简洁的故事前提摘要，如："一个使用家用计算机入侵国防部计算机，差点引发第三次世界大战的年轻人的故事。"

- 第二段,给经纪人一些有关你个人背景的信息。如果你是像新闻记者之类的另一个行业的文字工作者,也一定要讲明白。但也不需要给经纪人提供你大大小小的全部资历。如果你在特定领域是专业的或是专家,也记得要提起。

- 询问经纪公司是否有兴趣阅读你的剧本，并允诺将以快递方式将剧本寄过去。你也可以附上一张印好你的地址、贴好邮票的明信片，在背面整齐地印上："是的,我有兴趣读你的剧本。"下划线打成的空格,则留给经纪人签名。

如果有一个经纪人对你的询问函给予了友善回应,那就立刻再寄上剧本。之后,就等吧!六到八周的等待时间并不算太长。假如两个月左右都没有收到经纪人的任何回复,那可以再寄个礼貌的提醒信函,或打电话询问。如果还是没响应,就只好假设这位经纪人对你的素材不感兴趣。

　　当然,同一时间,你可以同时寄询问信函给不同的经纪人,但也不要把表上的经纪公司一网打尽。第一次先锁定二到三家,如果都没响应,再去尝试另外二到三家。也一定要记得,拼字准确、标点符号恰当、书写打印整齐,是绝对重要的!要给经纪公司们你最专业的感觉。

　　另外也要记得,如果有经纪公司愿意接受你,有了经纪人和编剧生涯开始仍是两回事。你还是得辛勤创作你的素材,试着和别人缔约,并试着写出经纪人能够推销给制片的剧本。这时你的工作不是结束,而是刚刚开始。

　　在结束经纪人这议题之前,还有最后一件事要提:不会有合法的经纪人向你索取"阅读费用"(reader's fee),或是在评估你的素材之前向你收费。如果真的遇到这个情形,就赶快离开吧!

　　当一个真正的编剧,就表示在任何情况下都要能写作。

　　　　　　　　　　　　　　——诺曼·梅勒(Norman Mailer)

9.10 娱乐业的律师

即使你已经有了很不错的经纪人，你的团队还需要另外一个成员，就是位娱乐业的律师。有些娱乐业的律师也有意愿担任经纪人的角色，也就是说，他们会把你的素材寄送出去，并且试图协议缔约。然而一位娱乐业的律师最有效用的工作，是来帮助你审视你的合约。经纪人在协议合约时，有时是在极紧迫的压力下，推想出草拟合约的内容。随后制片方的法务部门或是管理部门，会制定出合约后要你签名。大部分的经纪人都不是律师，或许不那么熟悉合约上的规范用语，通常没有时间，也没有习惯去好好研究法律上的修辞。如果有一位熟悉娱乐业的律师，在你检视你的合约并签名之前，帮助你审读一下，有可能会为你省下好几千美元，或是预先排除掉日后未知的困扰。这类的律师，有的是收取手续费，有的则是每小时收200-300美元的费用。在你的律师开始为你工作前，也应签署清楚明白的同意书，在检视你的合约时，一定要请律师出马。娱乐业律师的忠告，会让你的律师费花得更值得。

9.11 个人事务经营者

你的剧本推销团队的另一名成员，就是个人事务经营者。这个个人事务经营者，不像经纪人那样受到编剧公会的规定约束、不为编剧提送作品，也不参与签约，但却在决定编剧的写作生涯方面，极有帮助。大部分的经营者收取编剧费用的15%，同时会为委托人处理如宣传、记者会等事务以及其他一般的宣扬知名度的事务。演员们早就有了个人事务经营者，编剧则是这几年才开始拥有。有的编剧可能会觉得，同时拥有经纪人和事务经营者会过于重复，而且这两者之间好像也有所冲突，就好像必须同时去讨好两个主人似的。不过个人事务经营者会比经纪人更容易合作，有些你自己无法处理的事情、问题，事务经营者或许帮得上忙。记得，个人事务经营者也和经纪人一样，只有委托者赚到钱，他们才能赚到钱。所以，你还是要继续努力辛勤工作才行。

9.12 宣传推销

把你的剧本放进抽屉中，先不去动它，因为接下来的工作和这厚厚一叠纸没有直接关联。你的下一个工作不是用手写，而是口述的(oral)。你将要把你剧本的创意，推销(pitch)给坐在桌子对面，那位"穿西装上班的人"。

宣传推销，在电影这一行是绝对必要的。但是你先得把你的剧本减少成为几行字，并尽可能用最少的语言，带出最多的刺激感。看起来似乎有些奇怪，也可以说不甚公平，因为你的写作职业并不是表现在口述上。不过想象一下，你刚看完一部伟大的电影，急切地想和朋友分享经验——也就是说，你希望你的朋友和你有一样的乐趣、刺激或是情绪上的投入——你第一句会说的永远是："我刚刚看了部伟大的电影……"你的朋友则会回应说："是吗？是什么故事？"接着就是你为朋友做简要的故事说明，而且这说明要让他会很想去看这部电影。你该不会巨细靡遗地从头讲起，也不会去形容主角开怎样的车子。你极有可能说："这是有关一个警察独自陷入被恐怖分子掌控的大楼中的故事。"你会抽取出故事精髓，同时这也就是吸引你两小时的故事的主要冲突。

观众通常是受到推销宣传的影响，而做出是否进电影院的决定。电影会利用精心设计的预告片(trailers)和一张大海报，把你吸引到影院里去。电影制片和制片厂老板们，也希望把故事素材揭示出来后，能立即使观众感到有兴趣。当然，这个想法也会有明显的缺点。许多极佳的电影，是没办法精简成简单的一两句概要的。但是在宣传推销的大前提之下，还是有许多商业上和美学上的基本原因，让编剧舌灿莲花，由口中售出电影，而不能等待观众由眼睛来做决定。

（1）娱乐事业发展极为快速，依赖的是抓住观众的想象力，并且精准掌控流行热潮。制片厂的老板每星期有可能要听五十到上百则正式推销，还不包括在许多地方经历的非正式的宣传推销。这样他们当然没有时间去读很多的剧本,而且许多制片所听闻到的故事创意,有可能是相同或极为相同的。因此必须要通过有效率的方法,来将故事创意做分类挑选。于是口述推销就成了最佳工具。只要几分钟的时间,制片或是老板们,就可决定这个故事创意是否是为公司所需要的。如果创意够吸引人,那么老板们或许就会要求看剧本。

（2）**宣传推销要简单化,还要顾及基本审美。**电影比较像口语上的传播,而不是文字上的传播,虽然剧本是写作形式,但最终的成品绝对不是表现文字创作的。阅读书籍或是诗歌,我们没有时间上的限制,而且可以一读再读,去了解内容意义,或是去欣赏表现手法。这么简单的事,看电影是做不到的。当然你可以利用录像带或光盘重复观看一部电影,但这并不是原本电影为我们设计的观赏方式。如同口语传播,电影也是以直线式的时间叙述而存在的。你多少必须立刻理解发生了什么事,但并不是说不能在情节上慎重地安排模糊地带,但这情节必须能灵巧地往下发展,让观众深信所有的复杂性,会在一定的故事路径中被解决。我们被电影未知的能量所引导,宛如我们坐在营火旁,被古代的抒情诗人和说故事者所牵引一样。电影这个表现形式带来的感受,与阅读的沉思经验相比,会更接近听人说故事的动感体验。

（3）**制片和制片厂老板,会寻找他们所喜欢的故事计划,同样地,他们也会找到中意的编剧。**像求职面试般,他们也在探询编剧的特殊气质,使他们能愉快顺畅地做生意。这方面,就要依靠人们在人际关系上的不安与直觉反应。制片必须要信任编剧,相信编剧的才能、可靠与热诚。在这一行,没有人会轻易地说"是"或"好"。正相反,这是一个立足于"不是"、"不好"的行业。说"不"比较安全,"不"使得人们不会去冒工作风险、职业生涯风险或是百万美元的风险。所以你该做的事,就是尽可能地让制片对你说:"是,好！"

做好的宣传推销,比单纯说故事要难。必须在营造能引导观众的情节发展时,捕捉出要点、抓住情绪上的精髓。可以把宣传推销视为一种广告片,目的主要是卖掉你的成品,也就是你的剧本。每个编剧都会有自己的一套推销方式,有的喜欢画出由字组成的图形,有的自己表演说明。当然也有众所周知的手法,就是把宣传推销过程录下来,并在录像机或录音机上播放,制片就可以像观众般地立刻被吸引住。

 ## 涂鸦作业

准备一个你剧本的推销宣传,并且大声练习。

❏ 营造意境与情绪。让你的听众仿佛置身于故事发生的特殊环境。

❏ 明晰地确定你的主角。不要花时间在冗长的身体描述上,但要提供给你的听众比喻性的角色要点。

❏ 捕捉到角色所面临的基本冲突。在电影一开始的前十分钟,提给观众的难题是什么?

❏ 创作出令人被吸引住的一句话。想想看什么因素让你自己想看这部电影?吉恩·罗登贝瑞(Gene Roddenberry)在卖掉《星际迷航》(*Star Trek*)系列故事时,所使用的一句话是"太空中的辎重队"(Wagon Train in Space.)。

在这个面对面的会议中，记得你要成为中心所在，但同时，也要让制片或老板们感觉到你的故事是成功的。要达到这目的，最好的方法就是确保能使制片和你讨论。让他们在你说故事的过程中，沉迷在你的故事中并提出意见。不要用念的，是要用说的。同样的，也不要死背你的推销词，否则你无法对评论有所响应，或是集中的精神被打断后，便无法继续。保持高度热情，但也要同时保持观察制片的注意力。如果他们的眼睛开始呆滞无神，就准备好改变议题。若是你和伙伴一同合作，你们两个就要共同出力，像体育转播般，一个是负责比赛过程讲解的主持人，另一个则应负责做有深度的讲评。最后，尽量让你的宣传推销简短，在这一行，时间代表的就是金钱。

9.13 评估报告

如果这位穿西装上班的人喜欢你的推销，你也马上就会知道。他会要求看你的剧本。这个时候，你可以准备一份剧本来递交，或是用更好的方法，让你的经纪人送交一份印有经纪公司名称的剧本。只不过，假如制片答应要看你的剧本，也并不表示他会亲自去阅读。每一个制片公司、制片、明星，都会聘请另外一个人来代替他们阅读。这是真的，做决定的人，很少会亲自去看故事素材，而会选择一些雇来的阅读者和故事分析师来读你的剧本，并且由他们准备一份基本情节和角色的摘要，我们可以称之为评估报告，这行业中的剧本都会为此所苦。类似宣传推销，评估报告大多数也是以口述为主的。故事分析师研读剧本、小说、即将出版小说的校对版本（galley proofs），来寻找可用的电影素材。他们也会为这素材写1–2页的摘要，并依照基本创意、角色、写作手法、可能预算等项目来加以评估。这个简明的摘要报告才是制片想要看的，他们才不会自己去看剧本。

好莱坞的很多编剧，对这个阅读者制度，以及呈交评估报告给制片的作法，有诸多抱怨。但大多数的阅读者都是聪敏的、有鉴赏力的专业人员，他们读过上千个提案，并知道如何去挑选出一流的素材。当评估报告是正面的时，在把剧本呈交给更高层的制片或老板前，会有更多阅读者或主管来检视你的剧本。每位阅读者的建言,都有助于增加剧本可用的可信度。最后到了做决定的阶段,也因为有足够的人员曾读过并同意推荐你的剧本,这时最高决策者看过之后,就算处理完毕了。不过,仍不保证你的剧本会被拍成电影,这只是证实这剧本是值得拍的,这位编剧也是值得感谢的(recognition)。

9.14 签订买卖交易

在见过了制片、阅读者通过了你的剧本、制片老板也表示了喜欢之后,就可以准备领取奥斯卡金像奖了吗?还没呢!可能会有制片或老板立刻就买下你的剧本,但这种事是很少发生的。

如果说在好莱坞有一件事永远是对的,那就是没有一个标准的、可预知的方法,能知道编剧是否可以卖掉自己的剧本并保证剧本被拍成电影。你的剧本是否被买下并拍摄,多半取决于这计划在哪里开始、如何开始:制片公司或广播网、独立制片人、明星,或是无数的其他可能的因素,都可能产生影响,决定剧本是否被拍摄成电影。事实是,编剧公会的注册部门,每年会收到超过四万个剧本和注册登记,不过好莱坞每年只制作发行差不多三百部的剧情电影。这些剧情电影,也只有一小部分是在收益上极为成功的。了解到没有直接的途径可以把剧本变成电影之后,让我们看一下这极为常见的图示。

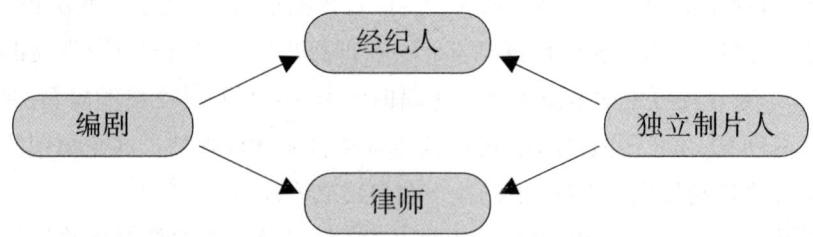

经由你的经纪人、律师,或是你自己,你的剧本被送到了一个独立制片公司的制片面前。他有可能隶属于某个大型的独立公司,也可能只是小办公室中的一位制片。现在这个制片很喜欢你的剧本。

9.15 买卖合约——签订备忘录

极有可能的是,这位独立制片并不会立即买下你的剧本,而是在未来向你买下这素材,也就是说,在一段特定时间内,如果你的作品达到了特定的条件,他就会答应买下来。为了完成这个允诺,在这段时间内,这位制片也就对你的剧作拥有了独家处理权,他会试着以他的影响力和名声,来为这部影片募集资金。他有可能先找来明星或导演,增加吸引诱因,也有可能在众多来源中选取更安全的筹款方式。

买卖合约的费用是未来同意购买金额的 10%,但实际数目是可以协商的。在买卖合约阶段,编剧被禁止对你的剧本做任何处理,然而一旦合约到期,所有的权利又回归到编剧身上,编剧也可保有合约阶段所拿到的金钱给付。

所以你也会很自然地想签下这再简单不过的买卖合约,并同意让制片开始进行工作,设法把你的剧本卖给制片公司。只不过,不论听起来是多么诱人,也千万不要答应签名!

(1)先和你的经纪人协议;或若你没有经纪人的话,也要先和娱乐业律师讨论。在整个约定过程中,买卖合约的这一张纸,是你唯一确认权利的基准。虽然在买卖合约中,都会有一些此类文件普遍使用的惯用语,如"这个买卖合约只是暂行约定,之后会有完整合约"。像这类的合约,已经是极高层级的文件,可能需要六个"穿西装上班的人"来议定,你是不可能出现在这么慎重的契约书(covenant)中的。

(2)非常重要的是,你一定要加入以下这一行字到你的买卖合约中:"为了达成本合约,编剧必须被认同为专业编剧,并且适用于美国编剧公会的最低保障基本协议规定。"即使你还不是编剧公会的成员,但这一行简单的字,即可让你拥有 WGA 最低保障基本协议的保护。

9.16 募集财源

不论快还是慢,这位独立制片人会连同其他制片人,一起到一家大型的电影制片公司的出纳员窗口前,要求对方给予大笔的资金并协助未来发行。

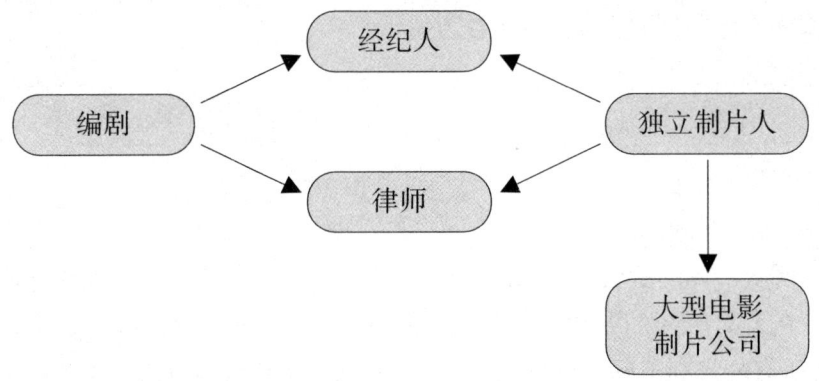

就好像要向银行办理贷款一样,大型制片公司也都会要求一些必要条件。他们有可能要求特定的导演或演员来参与拍摄,同时也差不多一定会要进行剧本改写。在这时期,剧本就有可能被视为发展阶段(development)。发展阶段意味着会有很多事情发生,但基本上指的是会有别人来改写你的素材,在获得拍摄许可前,让老板、明星、导演、投资者都能满意。理想情形是,制片公司会给制片一定额度的发展阶段经费支出,制片也极有可能再请你来参与改写。

但是,这个阶段最有可能发生的是,制片公司满意剧本筹备计划,但是却要雇用一个更有经验、更有名望的编剧来改写你的素材。若是如此,根据合约的条款规定,你可以获得对方购买剧本的全额费用,但也就退出了这个计划。不过也有可能你还是参与筹备过程,仍是作为编剧或是换为其他身份,那么可能你要经过一段时间才能拿到剧本上的费用。举例来说,原始剧作的编剧得一直等到剧本开始进行主要内容正式摄制阶段时,才会拿到钱；也就是说，要等到摄影机出现的那一天才行。这时候，你的合约会做必要的修正，你就可以按进度分次拿到你的费用。

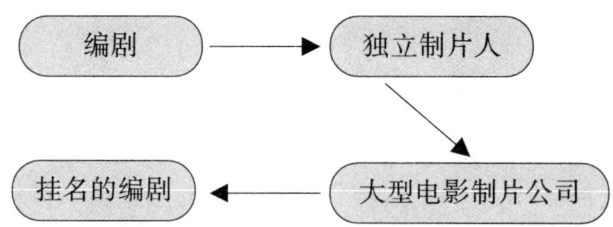

从上图可以得知，极有可能在你卖出剧本之后，就没有机会再为你的剧本做任何事，一切都已由第一位改写者负责。因此，就会有争议出现，如果有一位以上的编剧，一直到写作拍摄剧本阶段都曾贡献心力，那到底是谁该得到这部电影的"功劳"（credit）呢？又是谁该被列入片尾名单之中呢？

9.17 电影工作人员名单

在电影最后的片尾名单中，编剧中的哪位该列名，完全由美国编剧公会来决定，这过程被称为仲裁（arbitration），和你是否为编剧公会的会员无关。当电影拍摄快要完成之时，制作公司会提报一份暂时的片尾名单通知（notice of tentative credits）给 WGA，上面列出谁该得到编剧的"功劳"。公司也要提供剧本的每一个版本，从最初的合约素材开始，直至拍摄剧本的所有版本。如果有一个以上编剧，或是一个以上编剧团队都对剧本有贡献，公会就会举行会议，决定哪个编剧该被列入片尾名单中。

仲裁会议的成员是独立作业的，同时也不知道所有牵涉到的编剧的姓名，他们必须读完了剧本所有版本之后，再决定每个编剧对电影最后呈现的贡献程度。这是一个极困难也极耗费心血的工作，因为编剧未来的声望，决定于是否能被列入片尾名单中。所以仲裁会议的成员，会小心翼翼地做检视决定。一般的规则是，假如是顺序上的第二位编剧获选，那么他就必须对剧本有超过 50%的，在戏剧结构、原始和修改段落、以及对白和原始角色特质等角度的贡献。当然，也有这样的例子，几乎每一句对白都被修改过，但会议成员却发现其实整个剧本根本没有明显改变。相对地，也有例子是，剧本只做了一部分的修改，但整部剧本就变得完全不一样了。

大部分片尾名单会依以下四种形式，做单一决定或是组合挑选。

- 编剧（Written by）：一个编剧同时创造出故事和剧本；也就是说，所有成员都是原创者，没有任何他人再参与到最后的拍摄剧本。
- 故事（Story by）：一个编剧只提供了故事，没有提供任何其他素材，可能参与了创作剧本早期草稿或者正是原著小说作者，但是绝对没有写到剧本的最后版本。
- 电影故事（Screen Story by）：适用于一个编剧提供了类似报纸或杂志文章等种类的素材数据来源，并且提供的只是泛泛的、普遍的构想或事件的概况。
- 剧本完成（Screenplay by）：这个编剧写出了最后版本，但是这剧本来自于早期别人的素材，如剧本原来源于另外一个编剧的剧本。

当有两个编剧组成编剧团队时，他们为了被仲裁决定是否列入片尾名单，而被视为一个实体。正因如此，如果是以下情况，

编剧：乔治 & 玛莎（George & Martha）

指的就是乔治与玛莎组成了一个编剧团队。但如果是，

编剧：乔治和玛莎（George and Martha）

指的是经过仲裁会议评定之后，乔治以及玛莎被认为对剧本最后的版本，有着相等的贡献，但是他们并不是一个编剧团队。

这种排列组合几乎是无限的，也难怪要做决定，会令人感到混乱，感到耗费心力。不过，如果你写了全部原始版本的剧本，在编剧公会仲裁之下，可确定的是，你至少可以得到"故事"（Story by）这个"功劳"。

另外可以确定的是，不论是由你还是由其他编剧来操作，你的剧本会

被改写。改写在电影这一行是很平常的事,会发生在所有编剧身上。有时制片改写剧本可能是为了要刁难你,但有时有所改变会带来极佳的故事基础。对创作原始版本剧本的编剧来说,或许会很沮丧,但正由这种沮丧,引出好莱坞与编剧们的另外一层极重要的利害关系,那就是:创作上的权利(creative rights)。

9.18 创作上的权利

从历史上来看,编剧这职业的发展,和其他文学形式的创作者有着极大不同。因为剧本编写只是完成一部电影的过程中的一部分,剧本上面的文字,并不像剧院演出中的台词或小说中的文字,会同样受到相当的推崇。目前的争议就是,在一个大家协力合作共同完成的传达媒介中,编剧有多少创意投入呢?

出于上述考虑,1988年在编剧公会和制作公司间的最低保障基本合约中,也为编剧建立了许多基本权利。这些合约条款的意图是指出,电影由前制作、摄制、后制作到推销上市的整个过程中,若有剧本上的改变和审议,编剧都必须固定参与其中。MBA也是相当复杂的,然而这为编剧而制定的创作权利,适用于大部分超过九十分钟时长的剧情电影及电视原始剧本。比较重要的条款有:

(1)在没有得到编剧的同意、没有把剧本卖给公司以外的任何人之前,公司不可散播任何素材方面的批评或评论摘要。虽然有这个规定在,但各制片公司之间相互交流"评估报告",是极平常的事。处理这个问题的困难之处在于,假若你把剧本提交给环球公司,而这部剧本有可能已经被福克斯公司拒绝过,那么与其去读你的剧本,制片公司还不如去看福克斯公司所批示的不满意原因的摘要。

(2)编剧可以限制公司要求对方不可把素材转交给第三者。每个人都想成为第一个看你剧本的人,所以你会希望控制递交剧本的公司或制片的数量,要不然你很可能会发现,在你还没有机会去碰到一个人以前,他就已经读过你的剧本,并予以回绝了。

（3）原始剧本的编剧,拥有成为第一个改写者的权利。在制片买下你的素材之后,通常可以对你的素材做任何他想做的事。这条款是指为了满足制片要有所修改的需求,你可以得到第一顺位的选择。

（4）在公司要求修改的情形下,每一次的修订,制片或创意总监都必须征询编剧意见。这个规定是为了防止公司随便地寄送给编剧简单的通知,不加上任何说明,或是根本没有提供讨论的机会。

（5）把想法转变成电影的过程中,包含讨论电影风格、选景、选角等环节,编剧都有权利参与实质性的讨论。

（6）制片必须安排编剧和导演会面,来讨论如何能更密切地合作。

（7）如果为了拍摄计划的需要,公司要求编剧随行,则必须提供最佳的旅程、头等舱与饭店。并不是说编剧一定需要跟着到处旅行,不过如果有必要的话,制片公司必须负责所有费用。

（8）在电影完成最后剪辑工作之前,必须邀请所有参与的编剧先行观看,并需要保留时间来执行编剧在剪辑上的建议。他们不一定要接受你的建议,但他们认为有必要给你机会提出建议。

（9）如有首次非公开试映会在洛杉矶市内举行的话,列入片尾名单的编剧必须被邀请去参加首次非公开试映会。

（10）必须提供一份电影的录像带给列入片尾名单的编剧。

这些听起来不都像是一般职业上的基本礼数?是的,你会认为如此。但你也会了解,因这样的努力,编剧才得到了某种程度上的尊重。你也会了解,为了要拥有这些尊重,我们都会特别留意和制片、公司间的所有书面和口头上的约定。

只有笨蛋才会去编剧,除非是为了钱。

——萨缪尔·约翰逊

9.19 可以赚多少钱？

大部分的合约都会很习惯地注明要付给编剧的是，制片在这部电影所得净利（net profits）的5%，或是5个百分点（points）。在你开始确实地了解净利前，可能会觉得非常理想。给付剧本的金额，要不要超越一定的数目，是会有争论的，不过这仍可以合理地做出简单决定。只是到了最后结算，真正给付剧本的金额，通常都会比当初同意的数目和其他规定是要来得少！

寻机性会计（Creative Accounting），通常是电影公司用来形容金钱来源的专有名词。真正的事实是，大部分戏院放映的电影，都不是非常赚钱的。当然所有参与工作者都要被给付报酬，所以在长时间的贩卖电影录像带、DVD、电视与国外版权之后，还是有可能赚到钱。但只有极少数的电影能够压倒性的卖座，并明显获利。即使电影并没有获利，但是少数快乐的参与者，如知名明星演员、制片、导演及影片其他重要角色，还是可以赚到钱。毛收入（gross revenues）是个相当直接的会计名词，指的是在各戏院售票口（box office）直接收入的金额。在扣除发行和放映费用后，数目就会更少一些。如果说有人要给你毛收入点数（gross points），要立刻答应。只是大多数人还是会是给你净利点数（net point），那就是完全不同的事了。

净利所得，指的是在扣除了制片公司经常性费用（overhead）、员工薪水、制作费用、利息支出、推销开支，以及其他无数的花费之后，在所剩余的纯利中，给付你的百分比。说实话，你从来就不会看到净利的百分比，因为根本就没有净利。所以制片公司赚钱，明星、导演、制片，甚至连投资者都赚到钱。而编剧，只赚到了前面提到的5%，零净利的5%！

放弃计算一部电影的净利，筹划将其当成你未来的退休金吧！签订一个付你现金的合约才是当前要做的。也就是说，排除掉制作日期、明星签约或是天文异象等等这些你无法掌握的变量后，卖给出最高价的。

也因此编剧公会的最低保障基本合约，帮公会会员们，在所有电影、电视编剧领域中，建立了最基本的行情，但也没有人阻止你去协商筹得比公会基本金额更高的给付。一部预算在2500万美元的电影，剧本行情在4.5万美元。如果是花费超过2500万美元的电影，给原始剧本的钱就差不多是8.5万美元。这金额会逐年往上调升，最低保障基本合约也一直存在有效，你可以以这个额度，来粗估一下你的第一部剧本可能赚取多少钱。当然，如果制片公司非常中意且一定要你的剧本，那你会得到更高的金额，而且，这情形下，你的要求也可以没有上限。

另外有一个要件，出现在最后结算阶段，会比净利更难以界定。还好编剧公会（MBA）已为编剧设想、保证了许多基本立场，这就是区分权利（separated rights），编剧们可以凭此当作协商的基础。

一个原始素材的编剧，被列入了片尾名单之中，又是公会会员，MBA也为他建立了这套素材的出版权利，指的就是：

- 改编成小说的权利。
- 合法改编成舞台剧的权利。
- 制片方根据原始成品，制作出续集（sequel），必须给付编剧一定金额报酬的权利。

还有更多方面的区分权利，但如果有不够明确的，建议你还是先和优秀的娱乐业律师商议，不要轻易签下任何合约。这些方面包括：

- 角色的权利。
- 电影商品的权利。
- 特定附加市场的权利，例如即将开始流行的互动影像电玩市场。

率直地说，如果牵涉到金钱，你绝对可以商议出一个比公会MBA的设定更优渥的合约。

在好莱坞，编剧经常遇到的另一种合约，就是"受雇完成写作"（work made for hire）。受雇完成写作的情形，发生于以下情况中：编剧在宣传推销会议上与公司或制片签约，根据编剧提议的创意或是公司提议的故事，来创作剧本。在这种情形下，该公司或制片就承担了风险，因为即使到后来不满意最后的成品，公司或制片还是得付编剧作品的费用。

当然，极少制片会把资金投注在他们并不信任的地方，所以很多公司会和编剧签订阶段性交易（step deal）。在阶段性交易中，编剧被允许去创作不同阶段的剧本；完成了每个阶段后，再领取一部分的金额。一般说来，这些阶段分别可能是构想和纲要阶段、初稿剧本阶段、第二草稿剧本阶段、修订改写阶段、完成剧本阶段。编剧公会为每个阶段都设定了报酬的最低必要金额，而且在剧本完成之后，编剧所得总额也不可少于最低保障基本合约的规定。

当然，还有许多其他的付款方法，也几乎都在会计师的掌握之中，不过还有两种给钱的方式，需要在这里说一说。首先是红利给付（bonus payment），是在编剧应得的费用之外，由特定的准备金（contingencies）中，再多付给编剧特定的金额。通常编剧会得到"超产奖金"（production bonus），这是因为编剧所创作的版本被实地拍成电影，同时编剧也被列入了片尾名单之中。这类超产奖金相当优厚，通常也会被支付给有经验的编剧，目的是希望能当成刺激诱因，使他们再为下一个拍摄计划做出贡献。

另外一类是最后结算给付，通常是给编剧新手的，也就是根本没有给付，叫做"递延报酬"（deferred compensation）。这种情形特别容易发生在预算相当低的电影上，制作公司也并没有和编剧公会签订最低保障基本合约。如果电影有赚到钱，编剧和演员，甚至是工作团队们，才会被给予递延报酬。对编剧来说，这自然是个风险相当大的提议，通常也只有编剧生手，想要有第一个真正工作时才可能如此。因此你必须去评估衡量，得到报酬的时间性和有机会得到真正创作的机会与经验，两者哪个较为重要。

事实上，作为一个编剧，所遇到的合约最终都是由你的这个考虑来决定，那就是："你是需要钱，还是需要你的'功劳'被列入片尾名单？"这是只有你自己才能回答的问题。

9.20 进到这一行吧！

所以，你如何进到这一行来？假设一下，你正站在高速的子弹头列车的月台上，你不知道这列车从哪里来的，也不知道它要开向何方。你只知道这列车只会打开一扇窗，要么你就得跳进窗户，要么你就会错过这班车。 有可能还有别班车会来,也可能没有。窗户的另一侧,可能是清理厕所的拖把桶,也可能是商务客舱,你永远也不会知道。不过,这扇窗户是你进到这列车的唯一入口。

现在这列车开始移动了,你准备好要上车了吗?抱紧你的剧本,跳进来吧!

出版后记

电影的评判标准有很多，但大多数观众心目中的佳片，首先应讲好一个完整的故事。《编剧的核心技巧》就提供了有价值的借鉴。本书作者尼尔·D.克思以智慧、简洁的笔法，将复杂的写作概念简化为通俗易懂的文字，指出了编剧创作过程中需要注意的各种问题。

尼尔·D.克思是 UCLA 编剧推广教育剧作课程资深讲师，他的课程在 UCLA 极为流行。他试图将剧作的根本特质归纳总结在几个简明扼要的章节里，给初学编剧之人提供一份入行指南。首先，他提出戏剧就是冲突，剧本要合情合理；接着阐释了电影应让观众满足，明确编剧的最终目标；然后逐一详解银幕故事要素，将故事的背景到问题的解决整个流程加以整理归纳；继而论述故事角色、脉络、类型，具体说明描述技法、结构技巧、题材划分，从细节上解决编剧写作中遇到的问题；之后从实际写作出发，为新人展示剧本的写作方式，以举例的方式，从美感、场景、对白、能量、预期等多角度具体讲解剧本到底该怎么写；最后，作者勉励大家静下心来写作剧本，为大家讲述编剧的行业规则，从维护编剧利益角度出发，给予编剧新手很多专业建议。

作者以孜孜不倦、认真务实的态度完成了本书，毫无保留地将他多年的编剧经验和盘托出，字字句句都能看到他的诚恳。对想要成为编剧的读者来说，这的确是参考书目中必不可少的一本。希望读者完整阅读本书，将其中的智慧与学问谨记于心，创作出更多佳作。

服务热线：133-6631-2326　　188-1142-1266
服务信箱：reader@hinabook.com

后浪电影学院
2015 年 10 月

图书在版编目（CIP）数据

编剧的核心技巧 /（美）克思著；廖澺苍译. -- 修订本. -- 北京：北京联合出版公司，2016.2（2022.3重印）
ISBN 978-7-5502-6311-6

Ⅰ.①编… Ⅱ.①克… ②廖… Ⅲ.①编剧—研究 Ⅳ.①I053

中国版本图书馆CIP数据核字（2015）第233113号

SCREENWRITING 101: THE ESSENTIAL CRAFT OF FEATURE FILM WRITING
By NEILL HICKS
Copyright © 2016 BY NEILL HICKS
This edition arranged with NEILL HICKS
through BIG APPLE AGENCY, INC., LABUAN, MALAYSIA.
Simplified Chinese edition copyright: 2016 Ginkgo（Beijing）Book Co., Ltd.
All rights reserved.
本书中文简体版权归属于银杏树下（北京）图书有限责任公司

编剧的核心技巧（修订版）

著　　者：[美]尼尔·D.克思
译　　者：廖澺苍
出 品 人：赵红仕
选题策划：后浪出版公司
出版统筹：吴兴元
特约编辑：陈仲瑶　徐小棠
责任编辑：喻　静
封面设计：赵　瑾
营销推广：ONEBOOK
装帧制造：墨白空间

北京联合出版公司出版
（北京市西城区德外大街83号楼9层　100088）
北京盛通印刷股份有限公司印刷　新华书店经销
字数163千字　690×960毫米　1/16　10.5印张　插页3
2016年2月第1版　2022年3月第5次印刷
ISBN 978-7-5502-6311-6
定价：29.80元

后浪出版咨询（北京）有限责任公司　版权所有，侵权必究
投诉信箱：copyright@hinabook.com　fawu@hinabook.com
未经许可，不得以任何方式复制或者抄袭本书部分或全部内容
本书若有印、装质量问题，请与本公司联系调换，电话010-64072833